이 책은 2009년도 정부재원(교육과학기술부 인문사회연구역량강화사업비)으로 한국학술진흥재단의 지원을 받아 연구되었음(KRF-2009-322-A00093).

오동 꽃 금빛 장식 우물로 지고
향긋한 비 섬돌에서 잠기네

발간에 부쳐…

2008년 9월 설립된 이화여자대학교 중국문화연구소는 기존 어문학 중심의 연구에서 벗어나, 세부적인 학문 영역에 국한되지 않는 포괄적이고 심도 있는 전문 중국학 연구의 구심점이 되기 위해 노력하고 있습니다. 폭넓은 시야와 안목을 가진 전문 인력을 확보하고 다양한 정보를 공유함으로써 새로운 방법론을 창안할 연구 공간으로의 역할을 모색하고 있습니다. 특히 지역학 및 지역문화 연구, 여성문학 연구, 학제 간 연구를 중심으로 한 차별화된 전략을 통해 학문적 국제경쟁력을 강화하고 있습니다. 또한 급변하는 동아시아 및 국제사회에 적극적으로 대처하기 위해 실용성을 추구하면서 한중양국의 문화 창달에 기여하고 있습니다.

2009년 7월부터 본 연구소 산하 '중국 여성 문화·문학 연구실'에서는 '명대 여성작가 작품 집성—해제, 주석 및 DB 구축'이라는 프로젝트를 수행하게 되었습니다(한국연구재단 2009년 기초연구과제 지원사업, KRF—2009—322—A00093).

곧 명대 여성문학 전 작품을 대상으로 자료를 수집하여 주석, 해제하고 이에 대한 데이터베이스 구축을 위해 방대한 분량의 원문을 입력하는 작업으로, 이미 상당 부분 진행되었습니다. 정리 작업을 진행하면서 중요 작가를 중심으로 작품의 성취가 높은 것을 선별해 일반 독자에게 알리기 위해 연구총서의 일환으로 이를 번역, 출판하게 되었습니다.

　이와 같은 연구 성과는 한국·중국 고전문학 내지는 여성문학 연구의 중요한 토대를 마련할 뿐 아니라, 동서양의 수많은 여성문학 연구가들에게 편의를 제공하게 될 것입니다.

이화여자대학교 중국문화연구소
소장 이 종 진

출판 서

　이화여자대학교 중국문화연구소는 한국연구재단의 지원 하에 「명대 (明代) 여성작가(女性作家) 작품 집성(集成)—해제, 주석 및 DB 구축」 이라는 과제를 수행하고 있습니다.

　2009년 7월부터 시작된 본 과제는 명대 여성들이 지은 시(詩), 사 (詞), 산곡(散曲), 산문(散文), 희곡(戲曲), 탄사(彈詞) 등의 원문을 수집 정리하여 DB로 구축하고 주석 해제하는 사업으로 3년에 걸쳐 진행됩 니다. 연구원들은 각자의 전공에 따라 자료를 수집 정리해 장르별로 종합한 뒤 작품을 강독하면서 주석하고 해제하고 있습니다. 이런 과정 에서 우수 작가와 작품을 선별하여 출간하는 것이 본 사업의 의의를 확대할 수 있다고 판단되어 연차별로 4~5권씩 번역 출간하는 계획을 수립하였습니다.

　본 과제를 수행하는 데는 적지 않은 어려움이 따랐습니다. 첫째는 원 자료 수집의 어려움이었습니다. 북경, 상해, 남경의 도서관을 찾아 다니면서 대여조차 힘든 귀중본을 베끼고, 복사하거나 촬영하는 수고 로움을 마다하지 않았습니다.

　둘째는 작품 주해와 번역의 어려움이었습니다. 전통시기의 여성 작 가이기에 생애와 경력이 거의 알려지지 않은 경우가 대부분이어서 작 품 배경을 살피기가 용이하지 않았습니다. 따라서 주해나 작품 해석에 서 부딪치는 문제가 적지 않아 이를 해결하는 데 많은 수고가 따랐습 니다.

　셋째는 작가와 작품 선별의 어려움이었습니다. 명청대 여성 작가에 대한 자료의 수집, 정리는 중국에서도 이제 막 시작된 분야이기 때문에 연구의 축적 자체가 적은 편입니다. 게다가 중국 학계에서는 그나마 발굴된 여성 작가 가운데 명대(明代)에 대한 우국충정(憂國衷情)이 강한 작가를 높이 평가하고 있습니다. 그러나 작품의 가치를 평가할 때 우국충정만이 잣대가 될 수는 없을 것입니다. 연구원들은 기존 연구가 전무하거나 편협한 상황 하에서 수집된 자료 가운데 더욱 의미있는 작품을 고르기 위해 작품을 다각적으로 분석하고 여러 번 통독하는 수고를 감내했습니다.

우리 5명의 연구원과 박사급 연구원은 본 과제를 수행하기 위해 끝이 보이지 않는 수고를 감내하였습니다. 매주 과도하게 할당된 과제를 성실히 수행했을 뿐만 아니라 출간 계획이 세워진 다음에는 매주 두세 차례 만나 번역과 해제를 면밀히 검토하였습니다. 출간에 즈음하여 필사본의 이체자(異體字) 및 오자(誤字) 문제의 자문에 응해주신 중국운문학회회장(中國韻文學會會長), 남경사대(南京師大) 종진진(鐘振振) 교수에게 감사드리며 아울러 윤독회에 빠지지 않고 참여해 주신 최일의 선생에게 심심한 감사를 전합니다.

본 작품집의 출간을 통해 이제껏 학계에서 간과되어 온 명대 여성작가와 작품들이 널리 알려져 명대문학이 새롭게 조명됨은 물론 명대 여성문학에 대한 평가가 새로워지길 바랍니다. 아울러 한중여성문학의 비교연구가 활발하게 시작되는 계기가 마련되길 기대합니다.

끝으로 본 기획의 가치를 높이 평가하고 쉽지 않은 출간에 선뜻 응해 준 '도서출판 사람들'에 깊은 감사를 표합니다.

2011년 2월

이화여자대학교 중국문화연구소
소장 이 종 진

역자서문

범곤정(范壼貞)은 시가에 능하였기에 종조부(從祖父)인 범윤림(范允臨, 1588-1641)[1]은 그녀 시의 성취를 높이 평가하며 『호승집(胡繩集)』 8권으로 묶어 냈다. 하지만 명(明)이 망하고 왕조가 바뀌면서 전화(戰禍)를 입어 『호승집』이 전해지지 않게 되자, 그녀의 증손 호유종(胡維鐘)이 『호승집』의 잔권(殘卷)을 모아 『호승집시초(胡繩集詩鈔)』 3권으로 묶어 청(淸), 건륭(乾隆)연간 출간함에 따라 그녀의 시가 전해지게 되었다. 그녀의 시는 종조모(從祖母)인 서원(徐媛, 1560?-1620)의 영향을 받았으나, 서원의 시와는 달리 쓰지 않고는 견딜 수 없는 순수한 정감으로 시가를 창작했기에 고유한 풍격을 드러낼 수 있었다. 하지만 그녀의 남편인 호란[胡蘭, 字 원생(畹生)]의 평생 사적을 살필 수 없는데다 전사(戰死)하였기에 그녀의 시가가 유명세를 타지 못한 듯하다.

한국연구재단의 "명대여성작가작품집성(明代女性作家作品集成)"이라는 토대연구를 수행하게 되어 그녀의 시를 주해하면서 그녀 시가의 특성과 성취를 탐구하게 된 것이 다행스럽기만 하다.

그녀는 단조로운 생활 속에서도 떠도는 남편이 돌아오기를 학수고대하는 수많은 시가를 썼을 뿐 아니라 절기에 대한 소회를 읊조렸으며 부도덕한 세태를 풍자하며 윤리관을 드러내는 다수의 시가를 남겼다. 특히 그녀는 불우한 가운데도 의롭고도 진솔한 삶의 가치를 추구하는

---

1) 范允臨: 明代의 官員으로 書畵家이다 °字는 至之이며 호는 長倩, 長伯이라 하였다. 蘇州府 吳縣 사람으로 萬曆23년 進士가 되어 官이 福建參議에 이르렀다. 書畵에 능하여 당시 陳繼儒와 명성을 나란히 하였다. 소주 天平山에 집을 짓고 歸去했으며 『轮廖馆集』이 있다. 北宋 范仲淹의 17世孫으로 부친은 范惟丕로 明, 嘉靖38년 (1559年) 進士에 들었고 光禄寺少卿으로 생을 마감하였다. 夫人 徐媛은 젊어서 書에 능했고 古文을 잘했다. 또한 시문에 능했으며 부부의 정이 깊어 唱和해 엮은 『낙위음(絡緯吟)』이 전한다.

시가를 남겼기에 남다른 성취를 거둘 수 있었다.

　그녀의 생졸년을 살필 길이 없기에[2] 그녀가 쓴 시의 주제와 내용을 정확하게 파악하기는 어려우나, 도리어 이러한 시가 내용을 근거로 그녀의 인생조우를 살펴볼 수 있다. 전하는 그녀의 시는 모두 176수로 고시(古詩) 58수, 율시 48수, 절구 70수가 이에 해당되는데 특히 고시에 대한 성취가 높다고 평가된다.

　본 토대연구를 진행하면서 『호승집』을 번역하고 주해하게 된 배경을 소개하면 아래와 같다. 우선은 우리 과제의 작업양이 방대하여 3년 안에 이를 수행하는 일이 지난했기에 이를 돕는다는 뜻으로 이 작업을 착수하게 되었다. 그래서 대학원에 재학하는 보조연구원과 같이 매주 스터디를 한 것이 발단이 되어 초벌 원고를 만들게 되었고, 또 이를 확인 보완함으로써 확정고를 완성하게 되었다. 상해(上海)도서관에서 청(淸) 건륭(乾隆) 천유각(天遊閣) 각본(刻本)『호승집시초』3권을 구해 이를 타자하는 일이 용이치 않았던 점은 이체자가 많은데다 표점을 해야 하는 번거로움 때문이었다. 힘겨웠던 이런 작업은 물론 초벌 번역까지 해 낸 연구보조원에게 이 공간을 빌어 감사를 표한다.

　이 시집은 전하는 범곤정의 작품을 전부 망라했기에 범곤정의 시가 세계를 폭넓게 파악할 수 있다. 독자들은 불우했던 여시인의 운명을 시가 창작으로 극복하면서 고귀한 삶의 가치를 실천 해냈고 아울러 고달픈 삶의 소중함을 일깨워 준 범씨에게 뜨거운 찬사를 보내지 않을 수 없을 것이다. 특히 봉건예교에 억매여 신고(辛苦)의 삶을 살면서 숭고한 유가의 덕을 실현한 범씨에게 경의(敬意)를 표하면서 동시에 현대적인 가치를 반사(反思)하게 될 것이다.

　이 시집에 깊은 관심을 갖고 언제 출간되는 지를 늘 물어온 우리연구원과 보조연구원에게 감사를 표하며 흔쾌히 출판에 응해주신 이능표 사장님을 비롯한 편집진에게 고마운 마음을 전한다.

　이 시집을 역으면서 기본 자료의 부족은 물론 범씨 일생을 파악할

---

2) 范壼貞의 생졸년은 알 수 없으나 從祖母인 徐媛(1560?-1620)의 생졸년으로 추산해 보면 범씨의 生年을 1600년 전후로 가늠할 수 있다.

길이 없었기에 해설에 객관성을 확보하기 어려웠다. 향후 범씨 생평 (生平)에 대한 연구가 조속히 진행되어 작품 해설이나 감상이 보다 타 당성을 보일 수 있기 바란다.

2013년 12월, 세모에

李 鍾 振

목 차

....

오언율시_32수

11

칠언율시_16수

오언율시_32수

하늘 드리워지니 물안개 드넓고
사람 취하니 저녁놀 낮아지네

天游閣書感

紅顔不可再,3) 薄命感夫君.4)
玉鏡一朝別, 春愁萬里分.
霜淸關塞月,5) 鴈斷隴頭雲.6)
欲作遼西夢,7) 音書何日聞.

3) 紅顔(홍안): 여인의 아름다운 얼굴.
4) 薄命(박명): 복이 없고 사나운 팔자. 感(감): 감사하다. 감(憾)자와 통한다. 원망하다.
5) 淸(청): 빛이 선명하다. 關塞(관새): 변경(邊境)의 요새.
6) 隴頭(농두): 변새(邊塞). 감숙성(甘肅省) 천수군(天水郡)에 있는 대판(大阪)임. 남조
   (南朝) 송(宋) 육개(陸凱)의 「증범엽시(贈范曄詩)」에는 "꽃 꺾으며 역사를 만나,
   농두 사람에게 보내네(折花逢驛使, 寄與隴頭人)"라는 구절이 있다.
7) 遼西(요서): 요하(遼河)의 서쪽 지역으로 요녕성(遼寧省)의 서부의 땅이다.

천유각에서 감회를 쓰다.

아름다운 얼굴 되돌릴 수 없기에
박복한 운명이라도 남편을 생각하네.
옥거울 증표 삼아 아침 되자 이별하니
봄 수심은 만 리 길에서 나눴네!
서리는 변새에 뜬 달 환희 비출 텐데
기러기는 변경 구름에서 끊였네.
요서(遼西)의 꿈 꾸려하나
어느 날 소식 들을 런지!

【해제】 변경으로 떠난 남편을 그리워하는 여심(女心)을 읊었다. 지난 날 옥거울을
이별의 증표로 삼아 남편과 이별한 후, 오랜 세월이 흘러 늙어버린 시인의 모습
을 묘사하고는, 추운 겨울날 밤 밝은 달을 보며 남편 소식을 애타게 기다리는
심경을 드러냈다.

明妃詞8)

妾身從此去, 何必問歸魂.9)
試語諸邊將,10) 當思報國恩.
殷勤辭帝里,11) 辛苦出關門.
獨恐妾顔老, 秋風又塞垣.12)

8) 明妃(명비): 왕소군(王昭君)의 별칭. 전한(前漢) 원제(元帝)의 후궁이었으나 흉노의
   화친책으로 호한야 선우에게 시집보내졌다.
9) 問魂(문혼): 혼을 불러들임. 問(문): 불러들이다.
10) 試(시): 시험 삼아. 잠시.
11) 殷勤(은근): 은근(慇懃)히. 겸손하고 정중하게. 정성스럽게. 또는 은밀하게. 帝里(제
    리): 제도(帝都). 황제가 거주하는 성(城). 또는 경도(京都).
12) 塞垣(새원): 한(漢)대 선비(鮮卑)족을 막기 위해 세운 국경의 요새와 관문의 성벽을
    이른다.

명비사(明妃詞)

이 몸 여기를 떠난다고
어찌 돌아올 넋을 찾아야 하나!
변방의 여러 장수에게 잠시 말하노니
나라에 갚을 은혜 생각해야지!
은밀히 황성을 작별하고
괴롭게 관문을 나오니
제 얼굴 늙을 것만 걱정되는데
가을바람 또 국경 성벽으로 부네!

【해제】 가을 날 흉노에게 시집가야하는 왕소군 고사를 제재로 취했다. 한(漢) 나라를 떠날 때 살아 돌아올 수 없음을 예감한 왕소군의 심경을 읊으면서 그녀의 한(恨) 많은 신세를 보은이라는 대의(大義)로 상쇄(相殺)하려 했으나, 시인은 싸늘한 가을바람을 맞는 순간, 기약할 수 없는 삶에 대한 연민과 슬픔으로 북받쳤던 왕소군의 심경을 대변하듯 술회하였다.

初秋坐月

時序頻驚改,13) 俄看燕欲歸.14)
晚凉人意倦, 新月夜光微.15)
團扇承輕露, 香羅換熟衣.16)
流螢自來去,17) 偶一到簾幃.18)

초가을 달 마주해 앉아

계절 오는 순서가 번번이 급작스레 바뀌니
돌아가려는 제비 갑자기 보이네.
저물녘 서늘함이 사람 뜻 지치게 하는데
새로 뜬 달로 밤빛 희미해지네.
둥근 부채로 가벼운 이슬 받고는
명주비단 옷을 고운비단 옷으로 갈아입으니
반딧불 절로 오가다가
우연히 휘장에 한번 이르네.

【해제】 초가을 달 마주하여 느끼는 소박한 정취를 읊었다. 날 저물어 떠오른 가을 달빛 아래의 서늘한 밤 풍경을 묘사한 뒤, 그 시선을 방 안으로 옮겨 시인의 한적한 거동과 심경을 그렸다. 초가을 달밤에 이는 쓸쓸한 정의(情意)를 경상(景狀)으로 풀어냄으로써 고독한 의경(意境)을 출현시켰다.

西郊

西郊春色早, 二月綠將齊.
沙暖鳧鷺臥,19) 塵香鴨鳺啼.20)
天垂煙水濶,21) 人醉夕陽低.
處處溪山曲, 花開傍杖藜.22)

19) 鳧鷺(부예): 물오리와 갈매기. 물새를 널리 지칭하는 말.
20) 鴨鳺(압겹): 최명조(催明鳥). 춘분에 보이기 시작하고, 새벽에는 닭보다 빨리 욺.
21) 濶(활): 넓다. 트이다. 또는 성기다. 물건 사이가 뜨다.
22) 杖藜(장려): 지팡이. 혹은 지팡이 짚고 걷다.

서녘 교외

서녘 교외엔 봄빛 이른데
이월되니 초록빛 가지런해지네.
모래톱 따뜻해 물새 누웠고
티끌 향기 내니 최명조(催明鳥) 우네.
하늘 드리우니 물안개 드넓어지고
사람 취하니 저녁놀 낮아지네.
곳곳에서 시냇물 굽어 도는데
꽃 피기에 지팡이에 의지했네.

【해제】 초록 빛 피어나는 봄날 교외의 풍경과 정취를 읊었다. 물새들 누워 있는 모래톱을 따스하게 덮고 있는 봄기운을 느끼듯 묘사하고는, '아지랑이', '저녁 놀', 굽이도는 '시냇물', '꽃' 등의 시어를 등장시켜 봄날의 한가로운 정취를 그렸다. 마치 한 폭의 봄 풍경화를 보는 듯하다.

秋蟬

已歎商飆厲,23) 猶聞噪遠汀.
柳踈寒影瘦,24) 花落夕陽暝.
嘶細當風怯,25) 棲高帶露零.26)
離羣嗟已久, 寂寞向郊坰.27)

23) 飆(표): 회오리바람. 厲(려): 사납다. 위태롭다.
24) 踈(소): 疏(소). 트이다. 나누다. 성기다.
25) 嘶(시): 울다.
26) 露零(노령): 떨어지는 이슬.
27) 郊坰(교경): 교외.

가을 매미

가을 회오리바람 사납다고 탄식함은
먼 물가의 시끄러운 소리 여전히 들려 선데
버들 성겨 차가운 그림자 수척해 지니
꽃 지고 석양도 어두워지네.
가늘게 읊은 바람 겁나서이고
높게 깃 침은 이슬 방울져서이네.
무리에서 떨어져 긴 탄식하다가
적막해지니 교외로 향하네.

【해제】 가을 매미에 감정을 이입하여 시인의 처지와 심경을 우의하였다. 만물이 번성하던 절기가 지난 가을, 주변의 무리마저 떠난 것을 안 매미는 짧고도 짧은 삶에 대한 탄식을 내뱉을 수밖에 없었다. 7년간 땅 속에서 지내다가 지상에 나와 여름 한 철 울고 떠나가는 매미의 덧없는 삶을 엿보게 하였다.

秋閨怨

葉落驚殘夢,28) 蛩吟怨別深.
桐花金井暮,29) 香雨玉墀沈.
嬾結茱萸佩,30) 長懷蘭茝心.31)
西風不相借,32), 吹徹搗衣砧.33)

28) 殘夢(잔몽): 어수선하고 완전하지 않은 꿈. 엷은 잠.
29) 金井(금정): 난간이 화려하게 장식된 우물.
30) 嬾(란): 라(懶). 게으르다. 또는 피곤하다. 느슨하다. 힘없이.
31) 茝(채): 백지(白芷). 향초(香草)의 일종.
32) 借(차): 의지하다.
33) 徹(철): 치우다. 제거하다. 搗衣砧(도의침): 옷 다듬는 다듬잇돌.

가을날 규방의 원망

낙엽 져 못다 꾼 꿈에 놀라는데
귀뚜라미 우니 원한어린 이별 사무치네.
오동 꽃 금빛 장식 우물로 지고
향긋한 비 섬돌에서 잠기기에
수유(茱萸) 노리개를 힘없이 매고는
난초와 백지(白芷)같은 마음 길게 품네.
가을바람 빌리지 않았어도
바람 불어 다듬잇돌 치워버렸네.

【해제】 가을날 규방에서 홀로 지내는 데서오는 원정(怨情)을 읊었다. 시인은 누구를 원망하며 무엇을 원망하는지에 대해 한 마디도 언급하지 않고는 도리어 향초와 같은 깨끗한 마음을 품으리라고 다짐하였다. 하지만 다듬잇돌을 보면 남편이 그리워져 원정이 일기에 이 돌을 보고 싶지 않은데, 어느새 세찬 가을바람 불어 다듬잇돌을 날려 보낸 것을 부각시켜 원정의 정도를 엿보게 하였다.

曉鶯

星影牛明滅, 林深聽轉嬌.
空閨驚短夢,[34] 遠客怨良宵.[35]
隔嶺春雲寂, 臨風海月遙.[36]
遼陽千萬里,[37] 別緒益迢迢.[38]

34) 空閨(공규): 남편이 멀리 떠나고, 부인이 쓸쓸히 독처(獨處)하는 곳.
35) 良宵(양소): 아름다운 밤.
36) 海月(해월): 바다 위 달빛.
37) 遼陽(요양): 요수(遼水)의 북쪽.
38) 迢迢(초초): 매우 멀다. 요원하다.

새벽녘 꾀꼬리

별 그림자 반쯤 환했다가 사라지는데
숲 깊어 점점 고운 소리 들려온다.
외로운 방에 사는 여인은 짧은 꿈에 놀라고
멀리 떠난 나그네는 아름다운 밤을 원망한다.
고개 너머 봄 구름 쓸쓸한데
바람 맞는 바다 위 달빛은 아득하다.
요수(遼水) 북쪽까지 천만리라서
석별의 정 더욱 멀어만 간다.

【해제】 수자리에 나간 남편의 객수와 사부(思婦)의 고독을 대비적으로 읊었다. 느슨하고 부드럽던 어조를 급작스럽게 변화시켜, 임과 하루 빨리 만나기를 바라는 간절함을 표출하였다. 곧 춘운(春雲)과 해월(海月)로 떠나보낸 아낙의 마음과 수자리 든 남편의 모습을 형상하여 만나기 어려운 처지와 그리움을 우의하였다. '요양(遼陽)'과 '천만리(千萬里)'라는 두 시어로 지리적인 거리를 설정함으로써 고향을 그리는 임의 마음과 여주인공의 외로운 심경을 동시에 함축할 수 있었다.

綵書怨

含淚楚天秋,³⁹⁾ 鸞音不易求.⁴⁰⁾
忽逢萬里信, 翻起百年憂.⁴¹⁾
香冷鴛鴦帶,⁴²⁾ 雲深杜若洲.⁴³⁾
相思多遠望, 望切大刀頭.⁴⁴⁾

---

39) 楚天(초천): 남쪽 하늘. 초(楚)는 장강(長江) 중하류 일대의 나라로 남쪽에 자리했기
    에 이 말이 유래함.
40) 鸞音(난음): 아름다운 소식. 좋은 소식을 비유.
41) 翻(번): 용솟음치다. 솟아오르다.
42) 鴛鴦帶(원앙대): 금실로 원앙 모양을 아로 새겨 박은 띠.
43) 杜若洲(두약주): 두약(杜若)이 자라는 물가. 두약(杜若)은 향초의 일종.
44) 大刀頭(대도두): 고대 큰 칼의 머리 부분에 고리가 있어 환(環)을 상징하였다. 환
    (環)은 환(還)과 해음(諧音)이기에 대두도(大刀頭)는 "돌아온다"는 뜻이 되었다.

채색 편지의 원망

남쪽 하늘에 가을 와 눈물 머금음은
좋은 소식 구하기 쉽지 않아 선데
갑자기 만 리에서 온 서신 받으니
백 년 간의 근심 이네.
향기는 원앙 색인 띠에서 싸늘해지는데
두약 자라는 물가로는 구름이 두텁네.
그리움 커져 멀리 바라보니
돌아오기 바라는 마음 간절해지네.

【해제】 멀리 떠난 이에게서 온 서신을 받고 깊어지는 그리움을 읊었다. 막상 서
신으로 소식을 접하니 그리움은 배가 되고 빨리 돌아오기를 바라는 마음도 간절
해졌다. 기다림과 그리움의 정조를 일관되게 노출시킴으로써 임을 애타게 기다
리는 시인의 정감을 절실히 느끼게 하였다.

種竹

風雨夜沈沈,45) 冷然憂玉音.46)
自能諧鳳引,47) 到處聽龍吟.48)
一逕寒雲宿,49) 三湘薄霧深.50)
終期保貞素,51) 珍重歲寒心.52)

45) 沈沈(침침): 정도가 깊어지다. 심하다.
46) 冷然(냉란): 소리가 맑고 은은함. 憂(알): 사물에 부딪히는 소리.
47) 引(인): 노래 곡조. 악곡.
48) 龍吟(용음): 소리가 높고 우렁참.
49) 一逕(일경): 한 가닥의 길.
50) 三湘(삼상): 호남성(湖南省)의 상향(湘鄉), 상담(湘潭), 상음(湘陰)을 합칭(合稱)한 말.
51) 終期(종기): 최후기간. 종결기(終結期). 貞素(정소): 깨끗한 절개.
52) 歲寒心(세한심): 굽히지 않는 지조.

대나무 심으며

비바람 밤 되며 세차져
쏴아 쏴아 대나무에 부딪혀 소리 내니
절로 봉황 곡조에 조화 이룰 수 있는데
도처에서 용의 우렁찬 소리 들리네.
작은 한 가닥 길엔 찬 구름 머물고
삼상(三湘)엔 옅은 안개 짙네.
끝까지 깨끗한 절개 지키며
굽히지 않는 마음 소중히 여기리!

【해제】 대나무가 주는 멋과 정취를 빌어 종죽(種竹)해야 하는 당위성을 술회하였다. 한바탕 소란스러운 대나무 소리로 시적 분위기를 조성하다가, 제3연에서 '찬 구름', '옅은 안개' 등과 같은 시어로 일순간에 분위기를 차분히 가라앉혔다. 그 결과 절개를 지키는 대나무는 더욱 돋보이게 되어, 자신도 대나무 같은 지조를 죽도록 지키려는 의지를 드러낼 수 있었다.

關山月

磧暗秦關凍,53) 沙明漢塞長.
清光遠無極, 凝睇自旁皇.54)
青海悲笳月,55) 白登哀鴈霜.56)
男兒思報國, 夜半入西羌.57)

---

53) 磧(적): 모래 벌. 또는 사막. 秦關(진관): 진(秦)나라의 변경 관문. 관중(關中)의 땅.
54) 凝睇(응제): 응시하다. 주시하다. 旁皇(방황): 방황(彷徨). 마음이 불안해 배회하는 모양.
55) 靑海(청해): 청해만(靑海灣). 당(唐) 이백(李白)시 「관산월(關山月)」중에 "한(漢)의 군대 백등산 산길을 내려오는데, 오랑캐는 청해만을 엿보네(漢下白登道, 胡窺靑海灣)"라는 구가 보인다. 笳(가): 갈대 피리.
56) 白登(백등): 산서성(山西省), 대동(大同) 동쪽 백등산(白登山)을 말함. 한(漢) 고조(高祖) 유방(劉邦)은 일찍이 대군을 이끌고 흉노와 교전하던 중, 7일간 이곳에서 포위되었다.
57) 西羌(서강): 고대 중국 서부의 소수민족으로 주로 사천성(四川省)에 분포됨.

관산에 뜬 달

사막 어두워지며 관중 땅 얼거늘
모래 환해지니 한(漢) 요새는 길기만하네.
맑은 빛 멀리 끝없기에
응시하며 홀로 배회하네.
청해만엔 갈대 피리에 슬퍼지는 달떴고
백등도엔 기러기 슬프게 하는 서리 내렸네.
남정내는 나라에 대한 보답을 생각해
한 밤중 오랑캐 땅으로 들어가네.

【해제】당 이백(李白)의 「관산월(關山月)」을 모의(模擬)하였다. 시제대로 '관(關)',
'산(山)', '월(月)'자를 그대로 써 광활한 서쪽 오랑캐 땅의 형상을 부각시켰다.
전반부에서 변방 지역의 광활한 자연 경관을 그려낸 점은 이백과 유사하다. 이백
은 전쟁의 비참함, 징병의 폐단, 여인의 애달픈 심정을 악부 민요체로 묘사했다
면 이 시는 출정한 남편의 결연한 의지와 우국충정을 읊었다.

代藁砧寄友58)

此日逢搖落,59) 江村雨又飛.
短檠憐獨客,60) 衰草閉柴扉.
陋巷寒偏早,61) 秋星影漸稀.
懷君衣帶水,62) 悵望倍依依.63)

---

58) 藁砧(고침): 남편. 고대 중국에서 사형집행 시, 사형수를 볏짚자리(槁席) 위 침상(砧上)에서 도끼(砆, 鈇)로 목을 베었기에 고침(槁砧)으로 부(砆, 鈇)를 대신하였다. 부(砆, 鈇)'자와 '부(夫)'자는 해음(諧音)이기에 남편을 이르는 은어가 되었다.
59) 搖落(요락): 쇠잔하다. 해 지다. 영락하다.
60) 短檠(단경): 작은 등불. 또는 작은 등잔걸이.
61) 陋巷(누항): 좁은 거리. 좁은 골목.
62) 衣帶水(의대수): 옷의 허리띠만 한 폭의 물. 물길이 좁고 가늠을 형용해, 후에는 '한 물길 건너'라는 뜻으로 쓰여, 이웃해 있음을 의미하였다.
63) 悵望(창망): 슬프게 바라보다. 혹은 희망하다. 바라다. 依依(의의): 그리운 모양. 아쉬운 모양.

남편을 대신 해 벗에게 부치며

이 날 해 짐을 맞거늘
강촌에 비 내리면서 또 흩날리네.
작은 등불 외로운 나그네를 가련히 여기는데
시든 풀은 사립문 가렸네.
좁은 골목은 추위가 유독 일찍 오니
가을 볕 그림자 점점 희미해가네.
임 생각 하니 이웃해 있는 것 같아
시름겨워 바라보니 그리움 배가 되네.

【해제】범곤정 시에는 고침(藁砧)으로 남편을 표현한 시제가 매우 많다. 이 시도
그 중의 한 수다. 이 시의 나그네는 남편의 친구로, 해 지고 비 내리는 스산한 시점
에서 방문했기에 객수가 깊음을 느끼게 하였다. 시인은 길손을 맞이해야 하는 심경
보다는 남편의 부재(不在)를 들어냄으로써 그 시름의 정도를 엿보게 하였다.

鴈

春雨辭南去, 秋霜又北還.
哀鳴歷寒燠,(64) 失侶更間關.(65)
隴樹秦雲暗,(66) 吳天海月閒.(67)
蕭蕭蘆荻外,(68) 沙白水潺湲.(69)

---

64) 寒燠(한욱): 시간. 일한일욱(一寒一燠)은 1년을 나타냄.
65) 間關(간관): 구성지고 듣기 좋은 새의 울음소리를 나타내는 의성어.
66) 隴樹(농수): 농산(隴山) 일대의 나무라는 말로, 일반적으로 변경 지역의 나무를 뜻한다.
67) 海月(해월): 바다 위에 뜬 달빛.
68) 蕭蕭(소소): 성기다. 蘆荻(노적): 갈대와 물억새.
69) 潺湲(잔원): 물이 졸졸 흐르는 모양.

기러기

봄비 속에 이별하고 남쪽으로 떠났다가
가을 서리 내려 다시 북쪽에서 돌아왔네.
슬피 울며 한 해 보냈기에
짝 잃은 울음소리 더욱 구성지네.
농산(隴山)의 나무, 진(秦)땅의 구름 어두운데
오(吳)의 하늘과 바다 위 달빛은 한가롭네.
성긴 갈대와 물 억새 저편으로
모래는 희고 물은 졸졸 흐르네.

【해제】 철 따라 자리 옮겨 지내는 기러기 모습으로 시인의 외로움을 읊었다. 먼저 봄, 가을로 거처를 옮기는 기러기의 생태를 부각시킨 뒤, 짝 잃어 구슬피 우는 기러기의 울음소리로 임과 헤어진 자신의 처지를 은유하였다. 시인의 연상이 남편이 계신 진(秦) 땅에서 시인의 거처인 오(吳) 땅으로 미치자, 미련(尾聯)으로 기러기 잠든 둥지를 묘사함으로서 그곳이 바로 자신이 외롭게 지내는 규방임을 암시하였다.

秋夜憶藁砧70)

小閣黃昏靜, 孤鐙闇不明.71)
雨來蕉葉亂, 風過塞鴻驚.
切切嚴更候,72) 淒淒獨夜情.73)
曉鐘聞角枕,74) 嗚咽淚無聲.75)

70) 藁砧(고침): 아내가 남편을 부르는 은어.
71) 鐙(등): 등잔. 등(燈)
72) 切切(절절): 간절하다. 간곡하다. 嚴更(엄경): 야간 경비(警備)를 엄하게 하기 위해
   치는 북. 야경(夜警) 북.
73) 淒淒(처처): 차갑다. 싸늘하다. 또는 슬프다. 쓸쓸하다.
74) 角枕(각침): 뿔로 장식한 베개.
75) 嗚咽(오열): 숨죽여 울다.

가을밤 남편 생각하며

작은 누각 해질녘 고요해지니
외로운 등잔 어두워 밝지 않네.
비 내려 파초 잎 어지러운데
바람 지나니 변방의 기러기 놀라네.
야경(夜警)의 북소리 간절히 기다림은
외로운 밤에 쓸쓸한 정 일어선데
새벽 종소리 뿔 장식 베개에 들리기에
숨죽여 울면서 소리 없이 눈물짓네.

【해제】 변방으로 떠난 남편에 대한 그리움이 애절해져 시간의 경과에 따라 깊어
짐을 읊었다. 날 저물 때의 풍경을 묘사하며 적막한 분위기를 연출한 뒤, '야경
(夜警)의 북'을 끌어들여 밤 깊도록 잠들지 못함을 형상하였다. 새벽녘이 밝아오
자 결국 눈물을 흘리며 오랜 이별로 쌓인 정한(情恨)을 쏟아내었다. 야경 북소리,
새벽 종소리와 같은 청각적 매체를 통해 시인의 사무치는 외로움을 배가시켰다.

村晚憶藁砧

老樹欲參天,[76] 村村罨夕煙.[77]
笛聲雲外起, 漁火渡頭懸.
人去湖山外, 鴻歸星漢邊.
燕臺雙鯉絶,[78] 何日遠書傳.[79]

76) 參天(참천): 우뚝 솟다. 하늘을 찌를 듯이 높이 솟다.
77) 罨(엄): 덮다. 夕煙(석연): 저녁 무렵의 안개. 또는 해질녘의 밥 짓는 연기.
78) 燕臺(연대): 막부(幕府). 장수들이 전쟁 시 사무를 보던 곳. 雙鯉(쌍리): 안쪽에 편지를 끼워둘 수 있는 물고기 모양의 목판. 일반적으로 서신을 가리킴.
79) 遠書(원서): 먼 곳에서 보내오는 서신. 또는 먼 곳으로 보내는 서신.

마을에 해지자 남편이 떠올라

고목나무 하늘을 찌르려는데
마을마다 저녁 안개 덮였네.
피리 소리는 구름 밖에서 일고
고깃배의 등불 나루터에 걸렸네.
사람이 호수 낀 산 저편으로 떠나니
기러기는 은하수가에서 돌아오네.
막부의 서찰은 끊였지만
어느 날 멀리서 서신이 전해올까?

【해제】 석양속의 사부(思婦)의 우수를 그렸다. 하루가 저무는 마을의 고즈넉한
풍경을 묘사한 뒤, 한가로운 정취로 잇대었다. 석양이 그림처럼 고요하고 한가롭
건만 멀리 떠난 남편으로부터 소식마저 끊였기에 그 외로움은 한없다.

驟雨80)

春游逢驟雨, 聊憩小山樓.81)
雲濕添嵐翠,82) 煙深助竹幽.
高林飛鳥急, 亂石湊泉流.83)
一片空濛處,84) 難分蘆荻洲.85)

<hr>

80) 驟雨(취우): 폭우(暴雨). 또는 소나기.
81) 憩(게): 쉬다.
82) 嵐翠(남취): 푸른 빛깔의 산안개.
83) 湊(주): 물이 모이다.
84) 一片(일편): (지면이나 수면 등에서) 넓게 펼쳐진 평면 따위를 나타내는 수량사. 空
    濛(공몽): (안개비 따위가 내려) 희미하다. 뿌옇다.
85) 蘆荻(노적): 갈대와 물 억새.

소나기

봄나들이 하다가 소나기 만나
작은 산의 누대에서 잠시 쉬었네.
구름 젖으니 산안개 푸른 빛 더하고
안개 진해지니 대나무는 그윽함을 돕네.
높은 숲으로 나는 새 빠르고
어지러운 돌에는 모여든 샘물 흐르는데
뿌옇게 드넓은 곳이라
갈대와 물 억새 자란 섬 분간키 어렵네.

【해제】 봄나들이 갔다가 소나기 만나 눈에 들어오는 주변 경상을 묘사해 시제를
부각시켰다. 우선 이 시를 짓게 된 경위를 쓴 뒤, 비 내린 산의 자연 경관을 펼쳐
내듯 묘사하였다. 그 뒤로는 빠르게 나는 새와 흐르는 샘물, 가랑비와 갈대의
모습들을 화폭인 듯 그려내었다. 생동하는 묘사는 독자가 소나기 내리는 가운데
서 있는 듯한 착각을 유발시킨다.

寒砧86)

斷續隨風響, 悽悽入碧虛.87)
長安無限客, 怪爾到窮居.88)
金剪裁霜澀,89) 銀鐙坐夜餘.
靑閨有少婦,90) 長歎倚寒閭.91)

---

86) 寒砧(한침): 늦가을의 다듬이질 소리.
87) 碧虛(벽허): 푸른 하늘. 또는 푸른 물.
88) 窮居(궁거): 은거(隱居)하고 관직에 나가지 않음.
89) 澀(삽): 떫다. 또는 매끄럽지 않다. 윤택하지 않다.
90) 靑閨(청규): 푸른색으로 장식된 규방.
91) 閭(여): 이문(里門). 마을 어귀에 세워둔 문.

늦가을 다듬이질 소리

끊일 듯 이어질 듯 바람 따르는 소리가
처량하게도 푸른 하늘로 들어가니
장안의 수많은 나그네들
이상하게도 은거에 들어 갔으리!
금 가위는 서리로 까끌거리는 옷감 자르는데
은 등잔은 남은 밤 지키며 앉았네.
단장한 규방에 있는 젊은 부인
길게 탄식하며 마을 어귀 차가운 문에 기댔네.

【해제】 남편을 장안에 보내고 외롭게 다듬이질 하는 청규(靑閨)의 심경을 술회하였다. 늦가을 다듬이질 소리가 바람 따라 들려오자 쓸쓸함만 더해져 장안으로 간 남편에게 생각이 미쳤다. 홀로 밤 깊도록 옷을 만들며 남편 생각에 빠지지만 결국 마음을 다스릴 길 없어 마을 어귀로 나가 여(閭)에 기대나 별한(別恨)은 풀길이 없다. 시인의 외로움을 엿보게 한다.

春日山游

綠滿王孫路,[92] 風吹草正繁.
林深春不斷, 人靜鳥還喧.[93]
清磬來山塢,[94] 香雲隱寺門.[95]
寂寥空徑步, 蕨筍又江邨.[96]

92) 王孫(왕손): 귀족 자제처럼 소중한 친구를 이르는 말.
93) 喧(훤): 떠들썩하다.
94) 塢(오): 둑. 제방.
95) 香雲(향운): 구름 같이 떠오르는 향불의 연기.
96) 蕨筍(궐순): 죽순과 고사리.

봄날 산에서 노닐며

녹색이 왕손 같은 이들 다니는 길에 가득한데
바람 부니 풀 바로 무성해지네.
숲 울창해져 봄 끝없이 이어지고
인기척 조용해지니 새들 여전히 재잘거리네.
맑은 경쇠 소리 산 둑으로 건너오고
향불 연기 절의 문을 가리네.
쓸쓸히 텅 빈 길 걷는데
고사리와 죽순 또 강촌에서 자라네.

【해제】 한가로운 봄날 산을 거닐면서 보고 느낀 소회를 술회하였다. 무성한 풀과 재잘거리는 새 소리로 봄 산에 색채감과 청각미를 부여했으나, 절 앞에 이르러 고요한 산사(山寺)를 부각시켜 적막감을 고조시켰다. 특히 향불 연기와 빈 길의 정취로 시인의 정회를 엿보게 하였다.

鷺

顧影三秋裏,97) 離披水際行.98)
雨淋雙翼潔,99) 風颺頂絲輕.100)
自得滄洲趣,101) 還深蘆葦情.102)
最憐眠穩處, 夜静月空明.

97) 顧影(고영): 자신의 그림자를 돌아보다는 뜻으로, 자긍심이나 자부심의 의미를 나
　타낸다. 三秋(삼추): 가을의 석 달.
98) 離披(이피): 떠나가다.
99) 雨淋(우림): 비에 젖다.
100) 頂絲(정사): 날짐승의 머리 위에 있는 가늘고 긴 털.
101) 滄洲(창주): 물가. 또는 은사(隱士)가 거처하는 곳.
102) 蘆葦(노위): 갈대.

해오라기

가을 석 달 해오라기 제 그림자 돌아보다가
물가로 흩어져 갔네.
비에 두 날개 깨끗이 적셨는데
바람에 머리 깃털 가볍게 드날리네.
절로 물가에 은거하는 곳 얻었기에
다시 갈대의 정 깊어지네.
제일로 애틋함은 조용히 잠든 곳으로
밤 고요하고 달뜬 하늘 밝네.

【해제】 해오라기의 생태를 그려 시인 자신이 추구하는 삶의 자태를 형상하였다.
물과 바람으로 몸을 깨끗이 하는 해오라기의 특성을 부각시켜 은자의 모습을
엿보게 하였다. 끝 연에서 해오라기의 고아함을 부연하기 위해 해오라기가 잠든
곳을 달 뜬 하늘 아래로 이동시킴으로써 고고하면서도 깨끗한 삶을 추구하는
시인의 모습을 엿보게 하였다.

聽蔡姬琴103)

海濤生指下,104) 聲殷美人琴.
清逼星河近, 幽通澗壑深.105)
氣芬蘭並吐, 徽拂鴈初沈.106)
彈罷微含笑, 名言豁素襟.107)

103) 蔡姬(채희): 채문희(蔡文姬)의 금(琴)타는 솜씨에 비길만한 채씨 여인을 지칭함. 채문희(177?－?): 이름은 염(琰)으로 원래의 자(字)는 소희(昭姬)였으나 진(晉) 사마소(司馬昭)의 소(昭)자를 피휘(避諱)하여 문희로 자를 바꿈. 동한(東漢) 말년(末年) 진류(陳留) 어[圉: 하남(河南), 개봉(開封)] 기현(杞縣)사람이다. 동한(東漢)의 대문학가 채옹(蔡邕)의 딸로 중국역사상 저명한 재녀(才女)이며 문학가이다. 천문지리에 정통한데다 박학다식하고 시부(詩賦)와 음률에 능했다. 동한 말 전란으로 남흉노(南匈奴)에 포로로 끌려가 12년을 지내다가 조조(曹操)에 의해 속환(贖還)되었다. 포로로 지내며 지은 「호가십팔박(胡笳十八拍)」과 돌아와 당시의 고초를 회상하며 쓴 「비분시(悲憤詩)」등이 전한다.
104) 海濤(해도): 파도. 파도 물결. 또는 파도 소리.
105) 澗壑(간학): 물 흐르는 골짜기.
106) 徽(휘): 기러기발. 기러기발이라는 뜻에서 확대하여 금(琴)을 가리키기도 한다.
107) 豁(활): 통하다. 소통하다. 또는 깨닫다. 素襟(소금): 본심(本心). 평소의 마음. 진(晉), 도잠(陶潛) 시 「을사년 3월 건위참군으로 사신이 되어 경도로 가다가 전계를 지나며」(乙巳歲三月爲建威參軍使都經錢溪)에 "몸은 구속을 받는 듯하나, 평소의 마음 바꿀 수 없네(一形似有制, 素襟不可易)"라는 구가 보인다.

채희의 거문고 소리 들으며

파도 소리 손가락 아래에서 일어
소리 은근하니 미인의 거문고 소릴세.
맑음은 은하수를 다그쳐 닮았고
그윽함은 물 흐르는 골짜기와 그윽하게 통했네.
기운은 향기와 난향(蘭香)을 함께 토하는데
거문고 쓰니 기러기 발 막 가라앉네.
연주 마치고 옅게 미소 머금으니
명언(名言)은 평소의 마음과 통했네.

【해제】 거문고 소리로 지음(知音)을 구함을 읊었다. 순간 듣고 사라지는 것이 소리의 특성인데, 시인은 '은하수', '골짜기'와 같은 시어에 '맑음', '그윽함'과 같은 형용사를 결합시켜 거문고 소리의 고아(高雅)한 특성을 형상하였다. 특히 끝 연의 '미소(微笑)'와 ' 소금(素襟)'과 같은 의상(意象)은 연주에 흡족함을 언외로 드러낼 수 있었다.

無題

堤上千絲柳, 臨池匝地陰.[108]
我將乘晚色,[109] 於此散幽襟.[110]
鳥語冥林影,[111] 花香隔水潯.[112]
春風滿城市, 誰道有鳴琴.

108) 匝地(잡지): 도처에. 두루 퍼지다. 땅을 에돌다.
109) 晚色(만색): 날 저물며 생기는 어스레한 빛.
110) 幽襟(유금): 유회(幽懷). 그윽한 회포.
111) 鳥語(조어): 새 우는 소리.
112) 潯(심): 물가.

시제(詩題) 없이

제방으로 수 없이 드리운 가지 버들가지
못을 향하고 땅을 에둘러 그늘 드리웠네.
나는 저무는 빛을 타고
이곳에서 그윽한 회포를 푸네!
새 울음은 숲 그림자 어둡게 했고
꽃향기는 물가를 사이로 했네.
봄바람 성시(城市)에 가득하니
누군가 거문고 뜯는 이 있다고 말하네.

【해제】 저녁에 물가의 버들과 봄 경치를 보며 그윽한 회포를 풀었다. 무성하게 뻗은 버들가지로 시상(詩想)을 연 뒤, '새 울음소리', '꽃향기', '봄바람'과 같은 시어에 시각·청각·후각·촉각을 결부시켜 봄날의 우수를 더했다. 「무제」란 시제로 특별한 뜻을 드러내려하지 않았다. 봄바람을 거문고소리로 착각하듯 형상해 춘경(春景)의 명미함을 상외(象外)로 표현하였다.

久雨113)

久雨深閨冷, 蕭條倚藥欄.114)
聲兼蕉葉苦, 煙入柳絲寒.115)
曲徑生幽草, 重簾款弱蘭.116)
自來花鳥處. 花謝鳥聲殘.117)

113) 久雨(구우): 장마.
114) 藥欄(약란): 꽃으로 장식한 난간.
115) 柳絲(유사): 드리워진 버들가지.
116) 款(관): 이르다. 환대하다. 때리다. 머무르다.
117) 謝(사): 시들다.

장마

장맛비 오래 되니 규방 차가워져
쓸쓸히 꽃 장식한 난간에 기댔네.
빗소리 포개져 파초 잎 괴로운데
안개 버들가지로 들어오니 차가워지네.
굽은 길엔 수풀 자라고
겹친 주렴은 연한 난초 환대하네.
꽃과 새 있는 곳으로 몸소 와보니
꽃은 시들었고 새소리만 남았네.

【해제】 장맛비 내리는 풍경을 통해 봄이 가는 아쉬움을 읊었다. 규방을 차갑게
하고 꽃을 시들게 하는 장맛비를 그려 시인의 스산한 심경을 함축하였다. 장마로
입새만 무성해지고 꽃은 져버렸기에 새 소리만 남아있는 아쉬움을 언외(言外)로
전하는 세심한 필치가 돋보인다.

夜坐天游閣懷藁砧

坐久蟲吟息, 悽然百感生.
更憐簾幙外,[118) 涼月漸生明.
夜露秋香遠,[119) 林風宿鳥鳴.
非從別來久, 何以重離情.

118) 簾幙(염막): 주렴 장막.
119) 秋香(추향): 가을에 피는 꽃. 주로 국화(菊花)나 계화(桂花)를 가리킨다.

밤에 천유각에 앉아 남편을 그리며

앉은 지 오래 되어 벌레 울음 그치니
쓸쓸하게도 온갖 정감 생기네.
더 애틋해짐은 주렴 저편으로
서늘한 달 점점 밝아져서네.
밤이슬 가을 향기 멀게 하고
숲 바람 잠든 새를 울리니
헤어짐이 오래지 않았건만
이별의 정 가중됨을 어쩌나?

【해제】 가을 밤 천유각에 앉으니 남편을 그리는 정이 더욱 애절해 짐을 읊었다. 밤하늘을 울리는 벌레소리, 서늘한 달, 밤이슬, 숲 바람, 잠든 새 등과 같은 추경(秋景)으로 외로움의 내원을 밝힌 뒤, 이러한 외로움이 남편과의 이별에서 기인됨을 설파하였다. 추경의 안배로 별한의 고통을 실감케 하는 오묘함을 보였다.

燕來

一辭王謝里,[120) 飄泊幾經春.[121)
掌上誰憐舞,[122) 釵頭不見人.[123)
映簾香草嫩, 待月杏花新.
肯踐年年約,[124) 茅簷豈厭貧.[125)

120) 一辭(일사): 이별하다. 王ﾍ謝(왕ﾍ사): 육조(六朝)의 명망 있는 집안인 왕(王)씨와
    사(謝)씨에 대한 병칭(並稱). 또는 진(晉) 왕탄지(王坦之)와 사안(謝安)을 지칭함.
121) 飄泊(표박): 동분서주함을 비유한 말. 또는 표락(飄落)함. 흩날리며 떨어지다.
122) 掌上誰憐舞(장상수련무): 조비연(趙飛燕)이 한(漢) 성제(成帝)의 손바닥 위에서 춤추
    었다는 고사는 많으나 실제 기록은 확인할 수 없다. 전하는 말로 그녀는 "몸이 제
    비같이 가벼워 손바닥 위에서 춤출 수 있었다.(身輕若燕, 能作掌上舞)"는 말이 있
    으며, 「조비연별전(趙飛燕別傳)」에 "조후는 허리뼈가 더더욱 섬세하여 작은 걸음
    으로 천천히 걷는 행보를 잘해, 마치 사람이 꽃가지를 잡고 떠는 듯한 모습이었으
    나, 남들이 배울 수 없었다.(趙后腰骨尤纖細, 善踊步行, 若人手執花枝顫顫然, 他人
    莫可學也.)"는 기록이 보인다.
123) 釵頭(차두): 비녀의 머리 부분. 비녀를 가리킴.
124) 踐約(천년): 약속한 일을 이행하다. 여기서는 제비가 해마다 찾아옴을 가리킴.
125) 茅簷(모첨): 띠 풀로 엮은 처마. 여기서는 띠 풀로 된 처마에 사는 제비를 가리킴.

제비 날아와

왕(王)씨 · 사(謝)씨의 마을 떠나
이리저리 떠돌며 몇 해 봄을 지냈나?
손바닥 위에서 춤춤을 누가 어여삐 여기나?
비녀 꽂은 머리는 사람에게 뵈지 않거늘!
주렴에 비치는 향 그런 풀 연하고
달뜨기 기다리는 살구꽃 싱그럽네.
해마다 약속을 지키려니
띠 풀 처마 어찌 가난타고 싫어하랴!

【해제】 계절 따라 해마다 돌아오는 제비의 생태를 빌어 한결같기를 바라는 마음
을 기탁한 영물시 이다. 시인이 남편과 오래 헤어져 있었다는 사실은 여타 작품
을 통해 알 수 있기에 이 시도 같은 맥락에서 파악할 수 있다. 늘 떠났다가도
계절이 바뀌면 가난한 집이든 부유한 집이든 어김없이 찾아오는 제비처럼, 남편
도 돌아온다던 약속을 지키기 바라는 염원을 담았다.

送藁砧入都

十里津亭外,[126]　春潮野渡平.[127]

卽看辭故里,　從此去神京.[128]

白馬垂鞭駛,[129]　靑蛾挾瑟鳴.[130]

男兒多遠志,[131]　珍重送長征.[132]

126) 津亭(진정): 나루터 옆에 세워진 정자.
127) 春潮(춘조): 봄날의 물결. 野渡(야도): 황량한 나루. 혹은 들녘의 나루.
128) 神京(신경): 경성(京城). 북경(北京)을 이름.
129) 駛(사): 달리다.
130) 靑蛾(청아): 푸른 눈썹먹으로 그린 미인의 눈썹. 젊고 아름다운 여인을 가리킴.
131) 多(다): 훌륭히 여기다. 소중히 여기다.
132) 長征(장정): 원정(遠征)을 나감.

북경으로 들어가는 남편을 전송하며

십리 떨어진 나루 옆 정자 저편으로
봄날 조수(潮水)는 들녘 나룻 물 불렀네.
이제 보고 고향을 떠나
이곳에서 북경으로 가네.
흰 말에 채찍 드리우니
미인은 거문고 끼고 가락을 울리네.
남아는 원대한 뜻 소중히 여기기에
멀리 가는 길 진중히 전송하네.

【해제】원대한 뜻을 품고 북경으로 먼 길을 떠나는 남편을 전송한 송별시 이다. 남편을 떠나보낼 주변 배경을 묘사한 뒤, 말채찍 들자 거문고 울리는 경상을 묘사해 남편을 보내는 슬픔을 엿보게 하였다. 그런 뒤 벼슬길의 장도가 순탄하기 바라는 염원을 진중하게 술회하였다.

冬夜喜藁砧歸

今冬寒未厲, 小閣有梅花.
秉燭更初動,[133] 擎杯月已斜.[134]
相思情不極,[135] 相見話無涯.
風味貧家好,[136] 新篘底用賒.[137]

133) 更動(경동): 경질하다. 바꾸다.
134) 擎(경): 들다.
135) 不極(불극): 극점에 이르지 못하다.
136) 風味(풍미): 음식의 고상한 맛. 사람의 됨됨이가 멋들어지고 아름다움.
137) 篘(추): 용수(술을 뜨거나 장을 거르는 데 쓰는 통의 한 가지). 또는 술. 賒(사): 거
래하다. 사다.

겨울 밤 남편이 돌아옴을 기뻐하며

올 겨울 추위 사납지 않았어도
작은 누각에 매화 피었네.
밝힌 촛불 막 바꾸고
잔 드니 달 이미 기울었네.
그리웠던 정 끝이 없었는데
서로 만나니 말은 한 없네.
고상한 맛 가난한 집일수록 좋기에
새로 거른 술 싼 값에 샀네.

【해제】 오랫동안 헤어졌던 남편을 만난 기쁨을 읊었다. 기다리던 남편이 왔기에 겨울 추위도 매섭지 않고, 밀린 이야기로 밤을 새워도 끝이 없다. 넉넉지 못한 살림이지만 재회의 기쁨을 누리기 위해 새로 거른 술 싸게 사 왔다는 말로 부인의 설레는 마음과 환희를 함축하였다. 제 2, 3연은 두보「강촌(羌村)」(其一)의 끝 연 "밤 깊어 밝힌 촛불 바꾸고, 서로 마주하니 꿈길만 같아라(夜闌更秉燭 , 相對如 夢寐)"와 유사한 의경(意境)을 보였다.

烏啼

殘月枯林外,¹³⁸⁾ 悽悽啼夜烏.
長思結連理,¹³⁹⁾ 豈意寄蘼蕪.¹⁴⁰⁾
雪暗天山杳,¹⁴¹⁾ 氷堅海磧孤.¹⁴²⁾
自知多薄命, 不敢怨征夫.

138) 殘月(잔월): 그믐달.
139) 長思(장사): 오랜 그리움. 連理(연리): 뿌리는 같지 않으나, 가지가 한데 얽힌 나무.
    다정한 부부를 비유하는 말.
140) 蘼蕪(미무): 궁궁이. 잎에서 향기가 난다. 여인이 지니면 자식을 많이 둘 수 있다고
    한다. 한(漢) 악부 「산상채미무(上山采蘼蕪)」에 "곧게 꿇어 앉아 옛 남편에게 묻노
    니, 새사람은 어떠한가요? 새사람이 비록 좋다 말하지만, 옛사람의 아름다운만 못
    하다오!(長跪問故夫, 新人復何如? 新人雖言好, 未若故人姝)"라는 구절이 있다.
141) 雪暗(설암): 큰 눈이 내려 천지에 가득하다.
142) 磧(적): 사막.

까마귀 울어

그믐달 나뭇잎 진 숲 저편에 뜨니
밤 까마귀 슬피 우네.
오랜 그리움을 연리지에 매었거늘
어찌 궁궁이에 마음을 붙이나!
눈 가득하니 천산 아득해 지고
얼음 굳게 얼었으니 넓은 사막 외로워지리!
얼마나 박명한지 절로 알았기에
출정나간 남편 차마 원망치 못하네.

【해제】 까마귀 스산하게 우는 야밤에 독수공방하는 여인의 원정(怨情)을 읊었다.
시인은 비록 외로운 처지에 있지만 자신의 그리움을 붙일 곳이 하찮은 궁궁이
같은 떠난 임이 아니고 연리지 같은 당당한 부부임을 부각시켜 자신에게 소중한
남편이 존재함을 표명하였다. 그래서 그리움으로 사무칠지언정 남편을 원망할
수 없음을 고백하였다.

懷藁砧

空梁雙燕語, 小院百花香.
一別河山遠, 千年信誓長.[143]
浮雲仍漠漠,[144] 幽恨自茫茫.[145]
遙憶征人路,[146] 萋萋草又芳.[147]

143) 信誓(신서): 진심어린 맹세.
144) 仍(잉): 여전히. 변함없이.
145) 茫茫(망망): 한이 없이 넓다. 아득하다.
146) 遙憶(요억): 아득히 회상하다.
147) 萋萋(처처): 풀이 무성히 자란 모양.

남편을 그리며

빈 들보엔 짝진 제비 지저귀는데
작은 정원엔 온갖 꽃 향기롭네.
이별하자 강과 산으로 멀어졌건만
천 년의 진심어린 맹세는 길기만 하네.
뜬 구름 여전히 끝없으니
그윽한 한(恨) 절로 한없어지네.
임 떠난 길 아득하게 떠오름은
무성한 풀 또 향기 내어서네.

【해제】 이별한 남편에 대한 그리움이 한(恨)이 된 심경을 읊었다. 남편과 함께 지낼 때는 제비도 짝 지었고 온갖 꽃도 향기로웠으나, 남편과 헤어지고 난 뒤에는 길게 지킬 맹세만 남아 이 맹세가 무성한 풀이 향기를 풍길 때마다 회상됨을 부각시켰다. '막막(漠漠)', '망망(茫茫)' 등과 같은 첩자는 부부 사이의 거리가 매우 멀어 재회하기가 어려운 처지를 형상한 표현이다.

守歲148)

守歲戀殘臘,149) 其如斗柄斜.150)
辛盤隨令節,151) 子夜換年華.152)
爆響村村竹, 鐙燒院院花.
兒童太無賴,153) 擊鼓惱鄰家.

148) 守歲(수세): 음력 섣달 그믐날 밤 집안 구석구석을 밝히고 가족이 둘러 앉아 온 밤
    을 새우는 풍습.
149) 殘臘(잔랍): 연말(年末).
150) 其如(기여): 무내(無奈)와 같은 의미. 어찌하랴! 안타깝게도. 斗柄(두병): 북두칠성.
151) 辛盤(신반): 음력 정월 초하루에 파·부추 등 같은 매운 채소를 접시에 담아 함께
    먹는 풍습. 令節(영절): 좋은 시절. 또는 명절 기간.
152) 子夜(자야): 자야반(子夜半). 자시(子時) 무렵의 한밤중. 자시는 밤 11시부터 1시까
    지의 시간. 年華(연화): 나이. 연령. 또는 세월. 시간. 한 해.
153) 無賴(무뢰): 성품이 막되어 예의와 염치를 몰라 함부로 하는 행동. 예의 없다.

그믐밤 새우며

그믐밤 새움은 연말을 아쉬워 해선데
안타깝게도 북두성 기우네!
매운 채소 먹음은 절기 풍습 따름으로
자시 되니 한 해가 바뀌네.
마을마다 폭죽 터지는 소리 내고
정원마다 꽃은 등불을 사르는 듯한데
아이들은 너무도 예의 없어
북 치며 이웃 사람 괴롭히네.

【해제】동네를 무대로 '해 지킴'하는 그믐날의 풍습을 정감 넘치게 그렸다. 한 해가 또 감을 아쉬워하는 마음으로 매운 야채를 먹으며 새해의 자시(子時)를 기다리는 모습을 그린 뒤, 해 지킴에 수반되는 풍습을 묘사하면서 철모르는 아이들이 피우는 소란을 부각시킴으로써 시인의 외로움을 함축할 수 있었다.

送藁砧游金陵154) 其一

兩地一朝別, 孤帆千里愁.
君今游帝里,155) 誰與共仙舟.156)
夜雨連瓜步,157) 春潮滿石頭.158)
長干絃管地,159) 走馬莫淹留.

---

154) 金陵(금릉): 중국 7대 고도(古都)의 하나로 현재의 도시명은 남경(南京)임.
155) 帝里(제리): 경도(京都). 금릉(金陵). 『진서(晉書)· 왕도전(王導傳)』 "건강(建康)은 옛
　　　금릉(金陵)으로 예전에 제리(帝里)였다고 하였다.
156) 仙舟(선주): 배에 대한 미칭(美稱).
157) 瓜步(과보): 지명(地名). 강소성(江蘇省) 동남쪽에 있고, 과보산(瓜步山)아래 과보진
　　　(瓜步鎭)이 있다.
158) 石頭(석두): 석두성(石頭城). 강소성(江蘇省) 남경시(南京市) 청량산(淸凉山)에 있는
　　　옛 성명(城名).
159) 長干(장간): 고대 골목길 명칭. 강소성(江蘇省) 남경시(南京市) 남부에 위치. 또는
　　　남경을 지칭함.

금릉을 여행하실 남편을 전송하며 (제 1수)

두 땅으로 아침 되어 헤어지면
외로운 배 천리 길이 시름겨우리!
그대는 지금 금릉을 여행하심에
누구와 함께 배를 타셨는지?
밤비는 과보(瓜步)로 이어지고,
봄날 조수 물은 석두성에 가득 하리!
금릉은 음악 울리는 땅이니
말 몰아 오래 머물지 마셨으면!

【해제】금릉에서 즐겁게 노닐 남편의 모습을 그린 뒤, 그와는 상반되게 외롭게 지내야하는 시인의 심경을 술회하였다. 부부 모두는 헤어짐을 아쉬워했으나, 남편의 마음은 어느새 아내와는 반대로 금릉에 가 있음을 연상하면서 남편이 음악 속에 환희를 파는 금릉에서 오래 머물지 말기를 바라는 염원을 드러냈다.

送藁砧游金陵 其二

禰衡鸚鵡賦,[160] 李白鳳皇臺.[161]
豪士俱塵跡,[162] 仙郎復俊才.[163]
江寒風更急, 花落雨還催.[164]
去此匆匆棹,[165] 梅亭信早來.[166]

160) 禰衡(예형, 173~198): 자(字)는 정평(正平). 평원현[平原縣, 산동성 임읍(臨邑)]사람으로 동한(東漢) 말기의 명사(名士)이며 문학가이다. 鸚鵡賦(앵무부): 예형(禰衡)이 지은 부(賦) 형식의 작품으로 회재불우(懷才不遇)를 읊음.
161) 鳳凰臺(봉황대): 이백(李白)의 시로 「등금릉봉황대(登金陵鳳凰臺)」를 이름.
162) 塵跡(진적): 진적(陳跡)과 같음. 지난날의 자취.
163) 仙郎(선랑): 젊은 남자 신선. 여기서는 이백(李白)같은 남편을 비유함.
164) 催(최): 재촉하다.
165) 棹(도): 노. 노를 젓다.
166) 梅亭(매정): 매화를 감상할 수 있는 정자(亭子).

금릉을 여행하실 남편을 전송하며 (제 2수)

예형이 「앵무부」 읊고
이백은 「등금릉봉황대」를 지었으니
호방한 선비는 옛 자취 갖추었을 게고
젊은 신선은 뛰어난 재능 회복 했으리!
강 싸늘하니 바람 더욱 세찰 텐데
꽃 떨어지니 비는 다시 꽃 짐을 재촉하네.
이곳 떠나 황급히 노 저어 가시니
매화 핀 정자로 일찍 소식 오리!

【해제】 앞 시와 연결된 연작시이다. 남편이 가실 여도(旅途)의 모습을 그리면서
이별의 감회를 술회하였다. 금릉을 승지로 읊은 예형과 이백의 문재(文才)를 칭
송하여 금릉에 대한 동경을 드러냈다. 함련은 강풍(江風)과 화우(花雨)로 떠나는
남편과 보내는 여인의 심경을 우의하면서 서둘러 금릉으로 떠나는 남편에게 서
운한 정을 드러냈다. 그렇기에 빨리 돌아오기를 바라는 마음은 더욱 애절하다.

秋怨167)

落葉寄深愁, 隨波出御溝.168)
人間應有恨, 不似掖庭秋.169)
零露承仙掌,170) 涼風下殿頭.
高天那敢問, 終夜夢悠悠.

167) 秋怨(추원); 가을 날 느끼는 비원(悲怨)한 마음.
168) 御溝(어구): 궁원(宮苑) 안을 흐르는 냇물. 范攄(범터)의 『雲溪友議』에 唐, 盧渥이
　　 과거 보러 장안에 갔다가 어구(御口)에서 흘러나오는 낙엽에 " 흐르는 물은 어찌
　　 도 급한지! 깊은 궁궐은 온종일 한가하거늘! 은근히 낙엽에 감사하니 인간 세상으
　　 로 잘 가거라.(流水何太急, 深宮竟日閑. 慇懃謝紅葉, 好去到人間)"라고 적인 시구를
　　 보았는데 공교롭게도 이 시를 써 물에 흘려보낸 궁녀와 결혼하게 되었다한다.
169) 掖庭(액정): 궁중의 비빈(妃嬪)이 거처하는 곳.
170) 零露(영락): 떨어지는 이슬. 仙掌(선장): 이슬을 받는 동상. 한(漢) 무제(武帝)가 신
　　 선을 구하기 위해 건장궁(建章宮) 신명대(神明臺) 위에 구리로 신선 동상을 만듦에
　　 손바닥을 펼치고 구리 그릇과 옥잔을 받쳐서 하늘의 선로(仙露)를 받도록 하였기
　　 에 선장(仙掌)이라 함.

가을날의 비원(悲怨)한 마음

낙엽은 깊은 근심 부치고
물결 따라 궁원(宮苑)의 도랑물에서 나오니
인간 세상 응당 한(恨)있다 해도
비빈들 지내는 궁궐의 가을과 같지 않으리!
떨어지는 이슬은 선인장에서 받쳐지겠고
서늘한 바람은 전각 위에서 내려 오리!
높은 하늘에 어찌 감히 묻나?
밤새도록 꾼 꿈 아득하다 해도!

【해제】임금의 총애를 받는 비빈과는 처지가 다른 시인의 실연(失戀)을 그렸다. 궁원의 도랑물이 흘러나오는 곳이란 바로 인간 세상에 대한 그리움을 적어 내보내는 통로로, 시인은 자신의 처지가 궁녀들과 상이함을 형상해 자신의 답답한 심경을 드러내었다. 끝 연은 밤새도록 그리운 꿈조차 꿀 수 없는 자신의 처지에 무한한 연민을 보냈다.

初霽

晴翠滿前汀, [171] 春光到草亭. [172]
沙含千頃白, 座納九峯靑. [173]
思婦悲芳樹, [174] 征人戴曉星. [175]
終朝蓬徑裏, [176] 寂寞事繙經. [177]

---

171) 晴翠(청취): 햇살 아래에서 반사되는 초목의 푸른 빛.
172) 草亭(초정): 풀로 엮어 세운 정자.
173) 九峯(구봉): 구의산(九疑山)을 비유한 말. 호남성(湖南省) 영주시(永州市) 영원현(寧遠縣)에 해당함.
174) 芳樹(방수): 한창 꽃 피어 있는 나무.
175) 戴曉星(대효성): 이른 아침에 나가 저녁 늦게 돌아옴. 출정 나간 남편이 밤낮으로 고생이 큼을 비유함.
176) 終朝(종조): 이른 새벽. 또는 하루 종일.
177) 事(사): 일삼다. 전념하다. 繙經(번경): 독경(讀經). 경문을 소리 내어 읽다.

날 막 개여

맑고 푸른 빛 앞 물가에 가득하고
봄빛은 초정(草亭)에 이르렀네.
천 이랑 모래는 흰 빛 머금었는데
앉은 자리는 구의산 푸르름 받아들이네.
임 그리는 부인이 꽃핀 나무에 슬퍼짐은
출정 간 남편이 밤낮으로 고생해서라
하루 종일 쑥 자란 길에서
쓸쓸히 경문 읽기 일삼네.

【해제】 비 개여 화창한 모습을 보이는 봄날과는 사뭇 대조되는 시인의 서글픈
심경을 읊었다. 그 같은 심경을 보인 원인이 출정 나간 남편이 아름다운 봄날에
도 즐기지 못하고 고생하고 있는 때문임을 술회하고는 남편의 평안을 위해 독경
하는 모습을 부연함으로써 자신의 처지를 위로할 수 있었다.

칠언율시_16수

홀로 지내는 밤 시정(詩情)은 아직 그치지 않아
창 밀고 달빛 흐름을 자주 보네

題越山圖

萬里秋光落照多, 鴈飛遠逐海雲過.
晴江水沒黿鼉窟,[178] 大樹風欹鸛鶄窠.[179]
南去帆檣連粵嶠[180] 西來士女半吳歌.[181]
越王臺下蕭蕭路,[182] 依舊寒煙繞苧蘿.[183]

---

178) 黿鼉(원타): 자라와 악어.
179) 欹(기): 기울다. 기대다. 의지하다. 鸛鶄(관악): 황새와 물수리. 窠(과): 보금자리.
180) 帆檣(범장): 돛과 돛대. 또는 돛단배. 粵嶠(월교): 오령(五嶺)이남 지역. 오령(五嶺)은
    호남성(湖南省)·강서성(江西省) 남부와 광서성(廣西省)·광동성(廣東省) 북부 접경
    지에 있는 '월성(越城)·도방(都龐)·맹저(萌渚)·기전(騎田)·대유(大庾)'의 다섯 고
    개를 이른다.
181) 士女(사녀): 남자와 여자. 또는 선비와 부인. 半(반): 伴(반)의 오자로 보이며, 반창
    (伴唱)과 같은 뜻으로 쓰임.
182) 越王臺(월왕대): 절강성(浙江省) 소흥(紹興) 종산(種山; 臥龍山의 舊名)에 있으며 월
    왕(越王) 구천(勾踐)이 오른 곳이라 한다.
183) 苧蘿(저라): 산명(山名). 절강성(浙江省) 제기시(諸暨市) 남쪽에 있는 산명. 서시(西
    施)가 이 산에서 땔나무를 팔던 사람의 딸이었기에 서시(西施)를 지칭하기도 한다.
    월왕(越王) 구천(勾踐)이 오(吳)나라에 망한 뒤, 서시를 오왕 부차(夫差)에게 보냈
    다.

월산도 그림에 써 넣으며

만 리 가을볕은 석양 되어 한창인데
기러기는 날며 먼 바다 위 구름 쫓아 지나간다.
맑은 강물에 자라와 악어 굴 잠겼고
큰 나무로 바람 불어 황새와 물수리의 둥지를 기울인다.
남녘으로 떠나는 돛배는 월교(粵嶠)로 이어지는데
서쪽에서 오는 남녀는 오가(吳歌)와 함께한다.
월왕대 아래의 쓸쓸한 길엔
예전처럼 싸늘한 안개 저라산을 에둘렀다.

【해제】 월산도 그림을 세밀한 필치로 묘사하면서 월나라 역사가 남긴 교훈을 함축하였다. 곧 패망한 월국(越國)에 대한 동정을 담은 제화시(題畵詩)이다. 상반부는 해질녘 기러기가 바다 위의 구름을 쫓아 날아가는 가을 풍광을 묘사한 뒤, 자라와 악어는 강물 속으로 숨고, 큰 나무에는 바람 불어 황새와 물수리 둥지가 기울어짐을 부각시켜 온 강산이 평온치 못함을 드러내었다. 하반부는 떠나는 돛단배가 월교(越橋)로 이어지고 서쪽에서 온 남녀는 오가(吳歌)를 부름을 썼다. 이로써 오에 패한 월나라에 동정을 이끌어내었다. 특히 끝 연은 월산도의 주제를 드러낸 곳으로, 월왕대 아래 길에 쌓인 '한연(寒煙)'이 저라산(苧蘿山)을 에두른 것을 부각시켜 오왕 부차(夫差)에 패한 월왕 구천(句踐)의 분함을 보였다. "월산도"에 그려진 물상을 원근에 따라 입체적으로 묘사하면서 시각적이고 청각적인 효과도 살렸다.

雨後

莫嫌郊外草亭幽, 雨後春光半未收.
細響竹間猶淅淅,[184] 殘煙草際自悠悠.
當軒翡翠銜魚過,[185] 背郭樓臺向水浮.
獨夜吟情還不倦,[186] 推窓頻看月華流.[187]

---

184) 淅淅(석석): 비나 바람의 의성어.
185) 當(당): 대하다. 여기서는 시인과 정면으로 마주했다는 뜻이다.
186) 吟情(음정): 시정(詩情). 시흥(詩興). 시를 짓는 맛. 시적인 정취.
187) 月華(월화): 달빛.

비 온 뒤

교외의 띠풀로 엮은 정자 그윽해졌어도
비온 뒤 봄빛을 반도 거두지 못했다고 싫어 말게!
가냘픈 소리는 대나무 사이에서 여전히 쏴쏴 거리고
남은 연기는 풀 가에서 절로 아득해 지네.
처마를 마주한 물총새는 물고기 물고 지나는데
성곽 등진 누대는 물 향해 떠있네.
홀로 지내는 밤 시정(詩情)은 아직 지치지 않아
창 밀고 달빛 흐름을 자주 보네.

【해제】 메마른 날씨로 이어지던 봄날 봄비가 한 차례 지나가자 봄기운이 가득한
경상(景狀)을 읊었다. 비온 뒤 봄날의 정경(情景)으로 봄기운을 형상했고, 물총새
와 성곽 등진 누대와 같은 경물로는 비 갠 뒤의 봄 생기를 생동감 넘치게 그렸다.
끝 연은 봄기운 속에 시정(詩情)이 밤까지 연이어지는 즐거움을 술회하였다.

落葉

秋波高卷洞庭陰, 一夜千山凋翠林.
平野霜清低過鴈, 嚴城風急起鳴砧.[188]
時光怪爾推遷易,[189] 詩思催人感慨深.
却憶秦松偏落落,[190] 支離不改歲寒心.[191]

---

188) 嚴城(엄성): 경비가 삼엄한 성.
189) 怪爾(괴이): 이상스럽게. 爾(이)는 접미사로, 형용사 뒤에 붙어 '然'과 같이 쓰인다.
    推遷易(추천역): 변해가다. 推(추) · 遷(천) · 易(역)은 모두 '바뀌다, 변하다'의 뜻.
190) 落落(낙락): 쓸쓸하다.
191) 支離(지리): 쇠락하다. 歲寒(세한): 한겨울의 추위. 충정 또는 절개를 굽히지 않음을
    비유한다.

낙엽

가을 물결 높게 말려 동정호 그늘지니
온 산은 밤 내내 푸른 숲 시들게 하네.
평야의 서리 맑아지니 지나는 기러기 낮아지고
경비 삼엄한 성엔 바람 세차니 다듬이질 소리 이네.
세월은 이상하게도 변해가니
시상(詩想)은 사람을 재촉해 감개를 깊게 하네.
도리어 기억한다네! 진(秦)땅의 소나무 유독 쓸쓸하나
쇠락해도 절개 지키는 마음은 바뀌지 않음을!

【해제】 낙엽 지는 중에 가을 깊어 가며 만물은 모습을 바꿔가나 진 땅 소나무의
세한심(歲寒心)만은 바뀔 수 없음을 술회하였다. 가을이 오며 공간에 출현하는
갖가지 변화를 시, 청각적으로 묘사한 뒤, 진 땅에 계신 남편의 세한심은 바뀔
수 없는 것임을 언외(言外)로 표현했다.

題煙雨樓圖192)

煙嵐無限雨中情,193) 遠近樓臺一望平.
吳苑草荒麋鹿走,194) 越江春盡鷓鴣鳴.195)
長堤楊柳迷村渚, 白水茭蒲繞芋城.196)
最是晚來新月下, 萬家鐙火隔湖明.

---

192) 煙雨樓(연우루): 절강성(浙江省) 가흥(嘉興) 남호(南湖) 가운데 있는 섬 위의 주요 건축물. 연우루란 명칭은 당(唐) 두목(杜牧)의 시「강남춘(江南春)」중의 "남조 480 채 절의 수많은 누대는 연우 가운데 있네(南朝四百八十寺, 多少樓臺烟雨中)"라는 시의(詩意)에서 유래됨. 연우루가 처음 오대(五代) 후진연간(後晉年間, 936-947)에 처음 남호 가에 위치하게 된 것은 오월왕(吳越王)의 넷째 아들인 오절도사(吳節度史) 광릉군왕(廣陵郡王) 전원료(錢元鐐)가 원앙호(鴛鴦湖: 南湖의 舊名)가에 세워 빈객을 머물게 하기 위해서였다. 후에 훼손되어 그 유적지를 살필 수 없다. 지금의 연우루는 민국(民國) 7년(1918)년에 가흥지사 손창경(孫昌慶)에 의해 건축되었고 2004년에 크게 수리하였다. 남호는 태호(太湖)유역에 위치 해, 기후가 습윤하여 자연적으로 흐려 안개 끼고 비 내리는 날이 많아 늘 운기(雲氣)가 감싸고 있다. 특히 청명시절에는 가랑비가 가늘게 내려 호수가 몽롱하게 보이며 호수 물결은 넓고 아득한 모습을 연출한다. 누가 그린 그림인지는 알 길이 없다.
193) 煙嵐(연람): 산 중에서 피어오르는 안개.
194) 麋鹿(미록): 곧 '미(麋)'로, 큰 사슴.
195) 越江(월강): 절강성 항주만을 흐르는 강인 전당강(錢塘江)을 말함.
196) 茭蒲(교포): 줄풀과 부들.

「연우루도」그림에 써 넣으며

산에 피는 안개는 빗속의 정을 한없이 하는데
멀고 가까운 누대들 평탄하게 보이네.
오나라 원림(苑林)엔 풀 시들어 사슴 떼 달아나고
전당강엔 봄 다해 자고새 우네.
긴 둑의 버들은 마을 물가를 찾을 수 없게 하나
맑은 물의 줄풀과 부들은 저성(苧城)을 에둘렀네.
제일 좋음은 날 저물어 초승달 아래로
뭇 집의 등불이 맑은 호수를 사이로 해 켜짐일세!

【해제】주이존(朱彝尊)이 선록한 유일한 작품이다. 연우루도(煙雨樓圖)에 그려진 물상을 중심 화면에서 주위로, 다시 주위에서 중심으로 옮겨가는 수법으로 묘사하였다. 오(吳)·월(越)을 경계로 누대의 배경이 달라짐을 사슴 떼 달아남과 자고새 우는 소리로 대비시켜 형상함으로써, 이 누대의 위치와 더불어 역사적인 숙명적 교훈을 부각시켰다. 그 주변으로는 긴 둑의 버들이 무성하고 물가의 줄과 부들이 저성을 두른 것을 그려 월나라에 대한 동정을 보이면서 봄이 한창 임을 엿보게 한 뒤, 붓을 중심축으로 옮겨 마을에서 켠 등불들이 초승달 아래의 호수 위로 점점이 비춰지며 환해지는 수경(水鏡)을 묘사함으로써 이 그림에 생동감을 부쳐내었다. 특히 끝 연이 이 그림에서 시인의 마음을 사로잡는 곳임을 강조함으로써 감상자의 연상을 무한히 이끌어내게 하였다.

　도화속의 연우루는 명(明) 가정(嘉靖) 28년(1549) 가흥지부(嘉興知府) 조영(趙瀛)이 호(湖)중에서 준설한 진흙으로 축대를 만들어 호의 한 가운데 섬 위에 남향으로 세운 누대이다. 그 후 두 번 훼손되었으며 지금의 누대는 1918년 중건(重建)되었다. 건륭(乾隆)이 6번 강남을 순행하며 8번 연우루에 올라 20여 수의 시를 지었기에 연우루도는 줄곧 중시되었다.

歸燕 其一

珠箔銀鉤白露寒,[197] 虛堂秋盡百花殘.[198]
商颸一夜催歸迫,[199] 客路千山欲別難.
此日梁園辭繡幕,[200] 隔年故壘覓雕欄.
東風依舊還相憶, 可道王孫興已闌.[201]

197) 珠箔(주박): 구슬을 꿰어 만든 발.
198) 虛堂(허당): 곧 고당(高堂)으로, 높게 지은 집.
199) 商颸(상표): 가을바람.
200) 梁園(양원): 한대(漢代) 양효왕(梁孝王)이 "문경지치(文景之治)"란 성세의 도래와 같
   이 통치계급과 왕족들이 홍업(鴻業)을 윤색하고 정신생활의 향락을 구하기 위해
   거대한 토목사업을 일으켜 만든 토원(兎園)으로 후에는 양원(梁苑)이라고도 부름.
   『한서(漢書)』에서는 동원이라 칭하여 "양효왕이 동원을 축조함에 사방이 300여
   리였다(梁孝王築東苑, 方三百餘里)"고 하였다. 옛터는 하남성(河南省) 상구(商邱)
   고성(古城) 동남쪽에 있다. 매승(枚乘)은 「양왕토원부(梁王菟園賦)」에서 당시 천하
   사람들이 서로 다투어 유람하던 성황을 기록하고 있다. 양원은 규모가 매우 컸다.
   이궁(離宮), 정대(亭台), 산수, 기이한 화초, 진귀한 금수, 능원(陵園)을 전부 모아
   일체로 만들었기에 제왕의 유렵(游猎)이나, 오락을 제공한 다목적 원유(苑囿)가 되
   었다.
201) 闌(란): 다하다. '진(盡)'과 같은 뜻임.

돌아가는 제비 (제 1수)

주렴 은고리에 걸렸고 흰 이슬 차가운데
높은 집으로 가을 다하니 모든 꽃 시들었네.
가을바람 밤 내내 돌아가라 재촉하며 다그치나
나그네 길 천산(千山)이라 떠나기 어렵네.
이날 양원(梁園)에서 수놓인 휘장과 이별하면
다음 해엔 옛 보루(堡壘)의 조각된 난간을 찾게 되리!
봄바람 여전히 그리운 것은
귀족의 흥성 이미 다했다고 말 할 수 있어서네.

【해제】 제비를 떠나보내기 아쉬운 마음을 그렸다. 돌아가는 제비는 갈 길이 먼데
다 내년에는 전란으로 인해 황폐해진 땅으로 돌아올 수밖에 없어서이다. 시인은
다시 영화를 누리기 어려운 가을 제비에게 무한한 연민을 보내면서 불안한 시국
에 대한 우수(憂愁)를 함축하였다.

歸燕 其二

秋在蒹葭露作霜,[202] 蕭蕭衰草又斜陽.
離心漸共浮雲遠, 別意還憐畫棟長.
銀蠟曾窺春夜永, 綠紗空傍晚風涼.
那知遲暮難爲住,[203] 不得遙天逐鴈行.

202) 蒹葭(겸가): 갈대.
203) 遲暮(지모): 노년. 해질 녘.

돌아가는 제비 (제 2수)

가을이 갈대에 있어 이슬은 서리되는데
쓸쓸히 시든 풀로 또 석양지네.
떠나는 마음은 뜬 구름 멀어짐과 점차 함께하는데
이별의 뜻은 단장한 마룻대 김을 여전히 아쉬워하네.
은빛 초는 일찍이 봄밤이 김을 엿보았고
푸른 비단은 저녁바람 서늘함을 공연히 곁으로 했네.
해질녘 견디기 어려움을 어찌 알려나?
아득한 하늘이라 안행(雁行)을 좇을 수 없네!

【해제】 가을이 깊어 돌아가야 하는 제비에게 석별의 정을 부쳤다. 특히 봄, 가을 제비가 지켜본 밤의 모습을 대비시켜 이별의 정을 극대화 시키면서 시인의 외로움을 우의하였다. 특히 해질녘 제비는 아득하게 하늘을 줄지어 날아가는 기러기 대열을 좇지 못함에 동정을 보임으로써 자신의 불우한 처지를 엿보게 하였다.

柳色

靑簾影拂綠波明,204) 灞上陰陰暗客程.205)
細雨冪空遮去馬, 淡煙籠翠隱啼鴛.206)
小樓望斷悲征婦,207) 絶塞愁深慘別情.
莫把一盃臨遠道, 渭城西去暮雲橫.208)

---

204) 靑簾(청렴): 술집을 알리기 위해 세우는 푸른 주렴.
205) 灞上(파상): 파수 가. 灞(파)는 장안 교외에 있는 물 이름. 陰陰(음음): 깊고 어두운
   모양.
206) 翠(취): 비취색. 청록색. 여기에서는 푸른 버들을 말한다.
207) 望斷(망단): (장애물이 있어) 멀리 보이지 않음. 征婦(정부): 남편을 출정 보낸 아내.
208) 渭城(위성): 진(秦)의 수도 함양(咸陽)을 말함. 한(漢) 고조(高祖) 원년(元年)에 신성
   (新城)으로 개명했다가 뒤에 없앴다. 무제(武帝) 원정(元鼎) 3년에 원래대로 두어
   위성으로 개명함. 섬서성(陝西省) 함양(咸陽) 동북쪽 20리 땅에 위치한다.

버들 빛

술집의 푸른 주렴 그림자 스치니 녹색 물결은 환한데
파수 가는 어둑어둑 그늘져 나그네 길 어둡게 하네.
가랑비는 하늘 덮어 가는 말을 막았고
옅은 안개는 푸른 버들 감싸 우는 꾀꼬리 가렸네.
작은 누대에선 멀리 보이지 않아 아낙을 슬프게 하는데
외진 변방에서 수심 깊어짐은 이별의 정 애처로워 서지!
한 잔 술 들고 먼 길 오르지 마시게!
위성에서 서쪽으로 가면 저물녘 구름이 가로 놓였으리니!

【해제】 버들의 자태를 다층적으로 형상하여 이별의 우수를 함축하였다. 이별할 당시의 풍경을 그린 뒤, 이별 후 그리워지는 심경을 읊었다. 봄이 다시 와 헤어졌던 때와 같은 풍경이 보이자 이별의 정이 새로워 져, 화자는 뒤늦게나마 떠나보내지 말았어야 했다고 자책하였다. 끝 연은 왕유「위성곡(渭城曲)」끝 연 "그대에게 한 잔 술 다 들기를 권함은 서쪽으로 양관을 나서면 권할 친구 없어서네(勸君更盡一杯酒, 西出陽關無故人)"라는 시의를 차용한 듯하나, 이와 상반되게 썼기에 더욱 신선함을 보인다.

泖上209)

不盡芙蓉浪裏靑, 高懸佛火破滄溟.210)
可無鶖子來參學,211) 定有龍王爲說經.212)
日月倒垂天影黑, 魚蝦爭市海風腥.213)
蒼茫一塔雲邊出, 蘆荻蕭蕭煙雨冥.214)

---

209) 泖湖(묘호): 고호(古湖)명으로 즉 삼묘(三泖: 上泖, 中泖, 下泖)를 말함. 상해시 청포
현(靑浦縣) 서남쪽, 송강현(松江縣)서쪽과 금산현(金山縣)서북쪽에 있었는데 지금은
거의 토사로 침적되었다. 청(淸) 고조우(顧祖禹)『독사방여기요(讀史方興紀要)‧강
남륙(江南六)‧소주부(蘇州府)』참조.
210) 佛火(불화): 부처에게 공양하는 등불. 滄溟(창명): 높고 푸른 하늘.
211) 鶖子(추자): 사리불(舍利佛, 석가의 십대 제자 중 지혜가 가장 많은 사람)을 말한다.
參學(참학): 불교에서 큰 덕을 찾아 돌아다니며 수학하는 일.
212) 龍王(용왕): 불교에서는 8명의 용왕이 각각 불법(佛法)을 수호한다고 한다.
213) 腥(성): 비린내. 비리다.
214) 蘆荻(노적): 갈대와 억새. 蕭蕭(소소): 쓸쓸한 모습. 성기다.

묘호(泖湖) 가

다 지지 않은 연꽃은 물결 속에서 푸른데
높게 걸린 불화(佛火)는 푸른 하늘을 가르네.
어찌 사리불(舍利佛)이라 해 참학(參學)하지 않으랴 만은
필시 용왕 계시리니 불경 설명 하시리!
해와 달 거꾸로 드리워져 하늘 그림자 어두운데
물고기와 새우가 저자에서 다투니 바닷바람 비린내 내네.
아득히 탑 한 채 구름 가에서 나오나
갈대 쓸쓸해지며 안개비에 흐려지네.

【해제】 묘호(泖湖) 가의 경상을 그려 중생을 구하는 불법(佛法)이 난세를 구하는
데 별 성과를 거두지 못함을 풍자하였다. 전반부는 불화가 하늘에 피어오르는
중에 용왕이 불법(佛法)을 설경함을 읊었고, 후반부는 나라의 존폐가 걸린 상황
에서도 파당들은 다툼을 일삼기에 국운(國運)이 암담해 짐을 술회하였다. 묘호
가의 두 가지 경상인 "일월도수(日月倒垂)"와 "어하쟁시(魚蝦爭市)"를 그려 나라
가 처한 혼란한 상황을 암시했다.

十五夜

春風忽已當三五,²¹⁵⁾ 斗酒重開又十千.²¹⁶⁾
玉露夜零仙掌外,²¹⁷⁾ 金繩寒墮綺筵前.
秦箏趙瑟留華月,²¹⁸⁾ 北里南鄰競翠鈿.²¹⁹⁾
底向紫姑占歲稔,²²⁰⁾ 漢家此夕正祈年.²²¹⁾

215) 三五(삼오): 15일. 보름.
216) 十千(십천): 일만(一萬). 만금(萬金)의 의미로 쓰였다.
217) 零(영): (이슬이) 내리다. 仙掌(선장): 한 무제는 건장궁(建章宮) 신명대(神明台) 위에 동(銅)으로 선인(仙人)을 만들어, 그 손바닥 위에 동 쟁반과 옥잔을 두어 천상의 선로(仙露)를 받게 했는데, 후에 이를 선장(仙掌)이라 하였다.
218) 華月(화월): 희고 맑은 달빛.
219) 北里(북리): 기녀들이 사는 곳. 당(唐) 장안(長安) 평강리(平康裏)에는 기원(妓院)이 모여 있었고, 성 북쪽에 있었기에 '북리'라 불렸다. 南鄰(남린): 전원생활을 즐기며 사는 이웃. 두보(杜甫)시 「남린(南鄰)」참조
220) 紫姑(자고): 신화중의 변소 신명(神名). 또는 자고(子姑), 갱삼고(坑三姑)라 칭한다. 전하는 바로는 첩으로 본부인의 질투를 받아 매번 더러운 일(穢事)만을 하였기에 정월 15일 격분해 죽었다 한다. 세상 사람들이 그 날 그녀의 형상을 만들어 밤에 측간(廁間)이나 돼지우리 곁에서 그녀를 맞이했다고 한다. 이 기록은 남조(南朝) 송(宋) 유경숙(劉敬叔)의 『이원異苑』권5와 남조(南朝) 양(梁) 종름(宗懍)의 『형초세시기(荊楚歲時記)』에 보인다. 占(점): 묻다. 歲稔(세임): 곡물이 풍년이 듦.
221) 祈年(기년): 한 해의 복을 빌다.

보름날 밤

봄바람 홀연히 그치며 보름날 되어
말 술 단지 다시 여니 또 만금 값일세.
옥 같은 이슬은 선인장 저편으로 밤새 내리는데
금빛 새끼줄 같은 달빛은 비단 자리 앞으로 차갑게 떨어지네.
진(秦) 쟁(箏)、조(趙) 슬(瑟)에는 희고 맑은 달빛 머무니
유곽(遊廓)의 기녀와 이웃집 여인들 비취 비녀의 고움을 다투네.
어찌해 자고 신에게 풍년을 묻나?
한 왕조는 이 저녁에 바로 한 해의 복을 빌었거늘!

【해제】 정월 보름의 야경과 보름밤을 맞는 놀이가 성황리에 행해짐을 읊었다.
앞 6구는 보름날 술 마시며 달빛을 즐기는 모습을 그린 뒤, 기녀들과 이웃 여인
들이 미모와 고움을 뽐내며 다투는 관습을 썼다. 끝 2구는 한(漢) 왕조에서 풍년
을 빌었던 풍습을 회상해 세월의 무상함을 엿보게 하였다.

指環

掩映瓊卮出袖斑,[222] 玉簫時弄自珊珊.[223]
輕調綠綺隨流水,[224] 緩拂靑蛾照遠山.
掬水嬽支沈月色,[225] 曲肱紅玉襯朱顔[226]
最憐千夜彈棊處,[227] 無數寒星落子間.[228]

222) 掩映(엄영): 덮어 가리다.
223) 珊珊(산산): 패옥이 부딪히는 소리.
224) 綠綺(녹기): 곧 녹기금(綠綺琴)으로, 사마상여(司馬相如)가 쓰던 금(琴)의 이름임.
225) 嬽支(언지): 홍색 물감으로 뺨과 입술에 칠하며, 연지(胭脂)로도 씀. 沈月色(침월색):
    물에 비친 달.
226) 襯(친): 가까이하다.
227) 千夜(천야): 천일 밤. 오랫동안. 彈棊(탄기): 바둑 두다.
228) 寒星(한성): 추운 밤의 별. 차가운 빛으로 번뜩이는 별. 子(자): 바둑 알. 당(唐), 정
    곡(鄭谷) 「기기객(寄棋客)」시 중 "그림 덮자 밤 비 소리 들리는데, 바둑 두며 가
    을 등잔을 대했네(覆圖聞夜雨, 下子對秋燈.)" 라는 구가 보인다.

가락지

옥 술잔 덮어 가리니 소매 얼룩 드러났고
옥피리 때로 가지고 놀아 절로 패옥소리 내었지!
경쾌한 곡조의 녹기금 소리는 흐르는 물을 쫓았고
느슨히 쓸린 푸른 눈썹 먼 산에 비쳤지!
물 움켜쥐니 연지 빛은 물에 잠긴 달빛이었는데
팔 굽혀서는 붉은 옥을 예쁜 얼굴에 가까이 대었지!
수많은 밤 바둑 두던 몹시도 애틋한 그곳에선
무수히 차가운 별빛 바둑돌 사이로 떨어졌지!

【해제】 가락지를 낀 여인의 모습과 더불어 가락지를 낀데서 느끼는 환희를 읊었다. 상단은 여인의 옷소매를 그린 뒤, 손을 움직여 드러내는 가락지모습으로 희비의 정감을 형상하였다. 하단은 붉은 가락지의 영롱한 빛과 그 아름다움을 아끼는 여인의 자태를 형상한 뒤, 그 가락지의 차가운 빛이 반사해 바둑 알 사이로 싸늘하게 흩어지는 멋을 부각시켰다. 패옥소리, 물소리, 푸른 눈썹과 붉은 옥과 같은 형상으로 소리와 색채를 대비시켜 가락지의 빛깔과 가락지를 낀 여인의 심태(心態)를 엿보게 하였다.

秋聲

清宵寒籟度疎林, 萬戶重城急暮砧.
露下銀河刀斗促,[229] 風高金井轆轤沈.[230]
莎雞夜半牀頭語,[231] 鴻鴈秋深塞外音.
歲晚自傷搖落甚,[232] 淒淒窓雨更難禁.

229) 刀斗(도두): 조두(刁斗). 고대 전장(戰場)에서 낮에는 밥 짓는 도구로 썼고, 밤에는
    이를 부딪쳐 시간이니 경계를 알렸다.
230) 金井(금정): 난간이 장식된 우물. 능묘(陵墓)를 가리키기도 한다. 轆轤(록로): 우물의
    도르래.
231) 莎雞(사계): 귀뚜라미.
232) 搖落(요락): 쓸쓸하다. 적막하다.

가을 소리

맑은 밤 차가운 퉁소 소리 성긴 숲을 넘어오고
만호 집의 겹친 성엔 저물녘 다듬이소리 급하네.
이슬 내리는 은하수로는 조두소리 재촉하는데
바람 높은 곳의 장식된 우물엔 도르래 소리 잠기네.
귀뚜라미는 한 밤중에 침상머리에서 울고
기러기는 가을 깊어 변새 밖에서 소리 내 우네.
한 해 가며 적막함이 깊어져 절로 마음 상하는데
창가로 쓸쓸히 비 내리니 더욱 견디기 어렵네.

【해제】 가을을 알리는 전형적인 소리들을 형상해 쓸쓸한 추경(秋景)을 형상하여
시인의 고적(孤寂)을 우의할 수 있었다. 퉁소소리 · 다듬이질소리 · 딱따기 소리 ·
도리래 소리 · 사계(莎雞) 소리 · 기러기 소리 등이 각기 결합되는 장소를 부각시
켜 의경(意境)을 출현시킴으로써 비추(悲秋)의 정감을 실감케 하였다. 특히 이
형상들을 통해 비 오는 저녁 여주인공의 애달픈 심경을 구체적으로 엿보게 하는
오묘함을 보였다. 이상은(李商隱)이 칠률(七律)「누(淚)」에서 여섯 가지 유형으로
눈물을 형상한 작법과 유사하다.

賦得原上望春草

軟風駘宕子城西,233) 一望平皐綠已齊.
紫塞馬嘶征戍怨,234) 朱樓人醉夕陽低.
晴光搖曳春陰薄,235) 香霧空濛遠岫迷.236)
却怪群鶯亂飛處, 年年和雨沒長堤.

---

233) 軟風(연풍): 봄바람. 駘宕(태탕): 태탕(駘蕩). 제멋대로 굴다. 거리낌 없다. 子城(자성): 큰 성에 딸려있는 작은 성.
234) 紫塞(자새): 북방의 변새.
235) 搖曳(요예): 일렁이다. 자유로이 노니는 모양.
236) 空濛(공몽): 흐릿하다. 뿌옇다.

「들판에서 봄풀 바라보며」를 시제로 받고

온화한 바람 소성(小城) 서쪽으로 멋대로 부는데
평평한 언덕 바라보니 이미 푸른 빛 일색이네.
북쪽 변방에서 말 옮은 수자리 지킴을 원망해선데
붉은 누대에서 사람 취함은 석양이 낮아져서네.
맑은 빛 일렁임은 봄 그늘 옅어서건 만
향 그린 운무 자욱하니 먼 산봉우리 희미해지네.
되려 이상도 하지! 무리 진 꾀꼬리 어지러이 나는 곳이
해마다 비로 잠기는 긴 둑인 것이!

【해제】 봄 날 임을 그리는 마음을 읊었다. 봄이 와 도처에 이미 풀 무성히 자라났
건만 변방에 계신 임은 돌아오지 않아 시인은 해질 무렵까지 기다린다. 청광(晴
光), 향무(香霧)로 인해 시인 자신의 존재 가치가 미미해짐을 형상하였고, 끝 연에
서는 꾀꼬리로 비유된 임이 지내는 곳이 "풀 자라고 꽃 섞여 나무 자라는 강남(江
南草長, 雜花生樹)"이어야 하지만, 해마다 비에 잠기는 긴 둑임을 강조해, 임은
돌아오지 못하는데다, 있어서는 안 될 곳에 머무름을 함축하였다.

孤燈

玉容愁對黯無光, 甲煎銷沈金鼎香. 237)
雲裏星河同慘淡, 238) 窓前形影共微茫. 239)
三千里外書難達, 十二時中夜最長.
繞樹烏啼催曙色, 夢魂猶自隔他鄉. 240)

237) 甲煎(갑전): 향료 이름. 입술연지를 만들거나 약으로 쓴다. 金鼎(금정): 금으로 만든
　　정(鼎) 모양의 금향로.
238) 星河(성하): 은하수. 慘淡(참담): 어둡다. 처량하다.
239) 形影(형영): 형체와 그림자. 微茫(미망): 가려져 모호하다. 아득하다.
240) 猶自(유자): 오히려

외로운 등불

옥 같은 얼굴 수심으로 어두움 대해 빛 없는데
갑전 향 타 사그라지니 금빛 향로 향기 내네.
구름 속의 은하수는 하나같이 처량하고
창 앞 등불은 형체와 그림자 모두가 희미하네.
삼천리 밖이라 편지 전하기 어려우니
하루 중 밤이 제일 기네!
나무를 에두르는 까마귀 울어 새벽 빛 재촉하나
꿈속의 혼은 여전히 타향을 사이로 했네.

【해제】한 밤 외로운 등불을 마주하며 먼 곳에 계신 님 생각에 빠진 모습을 읊었
다. 시인은 수심 속에 바라보이는 실내외의 경상(景狀)을 술회한 뒤, 임께 편지
전할 수 없는 처지를 스스로 위로하면서 꿈속의 혼조차도 날 밝도록 임을 만나지
못하는 괴로움을 되뇌었다.

春鳥

山外層巒水外灣,[241) 剛逢花候鳥關關.[242)
一鳴午寂情如訴, 雙話春愁韻自閒.
出谷悄銜香霧宿, 投林欣帶艷陽還.[243)
慙余未及華陰德,[244) 此日何緣望報環.[245)

241) 層巒(층만): 겹겹의 봉우리.
242) 花候(화후): 꽃 피는 시절
243) 投林(투림): 새가 숲으로 들어옴. 돌아와 은거함을 비유한다.
244) 陰德(음덕): 남 몰래 행하는 덕행.
245) 報環(보환): 돌아옴을 알리다.

봄 새

산 밖은 겹겹 봉우리요, 물 밖은 물굽이인데
꽃피는 시절 막 오니 새 꾸욱꾸욱 새 우네.
한낮이 적막해져 한 번 우니 정은 하소연하는 듯하고
봄 수심을 짝지어 말하니 정운은 절로 한가로워지네.
골짜기로 나가서는 근심 머금고 향 그런 안개 속에 잠자고
숲에 들어와서는 기쁨 띠니 고운 봄볕 돌아오네.
부끄럽게도 나는 아직 꽃의 음덕에도 미치지 못했으니
이날 무슨 연유로 돌아옴을 알리기 바라나?

【해제】 봄 새 소리에 대한 감흥과 더불어 봄 새의 생태를 묘사하면서 임의 소식
이 오기를 바라는 소망을 읊었다. 꽃 핀 봄 날 주위로는 산과 물이 있어 아름답건
만 새 지저귀는 소리로 수심이 밀려옴을 술회하였다. 그런 뒤 봄 새의 생태와
행적을 읊어 임에 비유하고는 시인이 봄 새를 기쁘게 해주는 꽃의 덕성도 갖추지
못했기에 임이 돌아오기 바라는 것이 주제 넘는 일임을 고백하였다.

代兄送友歸金陵

五柳先生早息機,²⁴⁶⁾ 移家重問舊烏衣.²⁴⁷⁾
雲間幾度攀稌至, 雪裏仍看訪戴歸.²⁴⁸⁾
吟到白頭知律細, 音從綠綺定交稀.²⁴⁹⁾
計程慣識金陵路,²⁵⁰⁾ 淸夢長隨鷁首飛.²⁵¹⁾

---

246) 五柳先生(오류선생): 도연명(陶淵明)의 자호(自號)이나, 자신의 친구를 비유하였다.
247) 烏衣(오의): 검은 색 옷. 빈천한 이의 옷. 작자 자신을 말함.
248) 訪戴(방대): 친구를 방문함. 남조(南朝) 송(宋) 유의경(劉義慶)의 『세설신어(世說新語)·임탄(任誕)』에서는 "왕자유가 산음에 거처할 때, 밤사이 큰 눈이 오자 …… 갑자기 대규(戴逵)가 그리워졌다. 때마침 대규(安道)가 섬(剡)땅에 있었기에, 곧 작은 배를 타고 그에게 갔다. 날을 밝아 드디어 이르렀는데, 문에서 더 나아가지 않고 돌아섰다. 사람들이 그 연유를 묻자 왕자유는 '내 본래 흥이 올라 왔다가 흥이 다하여 가는 것이니, 어찌 반드시 대규를 보아야만 하겠는가'라 하였다(王子猷居山陰, 夜大雪 …… 忽憶戴安道. 時戴在剡, 卽便夜乘小船就之. 經宿方至, 造門不前而返. 人問其故, 王曰: '吾本乘興而行, 興盡而返, 何必見戴.')"고 하였다. 이후로 '방대(訪戴)'는 '친구를 방문함'을 뜻하게 되었다.
249) 綠綺(녹기): 「지환(指環)」의 주(注) 참조. 定交(정교): 친구를 사귐
250) 慣識(관식): 잘 알다.
251) 鷁首(익수): 익조(鷁鳥)를 새기거나 그려 장식한 배. 배의 별칭(別稱). 『회남자(淮南子)·본경훈(本經訓)』에서 "용선과 익수를 띄워 바람을 타게 하여 즐겼다(龍舟鷁首, 浮吹以娛)"라 하였는데, 고유(高誘)는 주를 달아 "익은 큰 새다. 그 모양을 뱃머리에 그려 넣었기에, 익수라 한다(鷁, 大鳥也. 畫其像著船頭, 故曰鷁首)"고 하였다. 이에 '익수(鷁首)'·'화익(畫鷁)'은 배의 별칭이 되었다.

언니를 대신해 친구가 금릉으로 돌아감을 전송하며

오류선생 같은 벗 일찍이 베 짜기를 멈추고는
이사하자 빈천한 나의 안부 다시 물었지!
구름 사이로 혜강 같은 이를 몇 번인가 끌어 이르게 했고
눈 속에서 친구 찾았다가 돌아감을 여전히 보았지.
「백두음(白頭吟)」 읊음은 음률의 섬세함을 알아 선데
가락은 녹기금 좋았으니 친구 사귐은 희한했지.
돌아갈 길 헤아리면 금릉 길 잘 알려니
맑은 꿈은 익수(鷁首) 좇아 오래토록 날겠지!

【해제】 전송받는 친구가 어디에서 뱃길로 금릉으로 돌아가는지는 알 수 없다. 언니를 방문한 친구가 돌아감을 대신해 전송한 시이나 자신의 친구처럼 격의 없이 읊었다. 친구가 시인과 언니를 보기 위해 별 뜻 없이 방문함을 술회한 뒤, 친구와 우리의 사귐이 선현들의 고아한 교제와 같음을 강조했다. 특히 친구의 음악적 재능이 남다름을 제기해 돌아가는 친구를 위로하는 동시에 헤어지는 아쉬움을 함축하였다.

新直指按部, 至松前, 驅籠二猫, 亦創睹也,戲賦.252)

苧城晴靄倚層霄,253) 繡斧巡行春色饒.254)
威屛豺狼淸坦道, 踪潛狐鼠聽讙謠.255)
當年臺列曾鳴鳳,256) 指日流氛盡草鴞.257)
白叟黃童相告語, 乘驄不避避迎猫.258)

252) 直指(직지): 직지사자(直指使者)의 준말로, 황제가 특파한 지방 집행관. 암행어사에
    해당됨. 『한서(漢書)·무제기(武帝紀)』에 따르면, 무제는 천한(天漢) 2년에 직지사자
    포승지(暴勝之) 등에게 수놓은 옷을 입고 부절을 지니게 하여 파견하였으니, 이들
    은 각지를 돌며 도적을 잡아들였다고 한다. 按部(안부): 부속기관을 순시하다. 創
    (창, 剏): 비로소.
253) 苧城(저성): 산동성(山東省) 저성시(苧城市). 層霄(층소): 운무(雲霧).
254) 繡斧(수부): 직지사자(直指使者). 수놓은 옷과 부절을 지녔기에 '수부(繡斧)'라 함.
255) 讙謠(환요): 풍자하는 가요.
256) 鳴鳳(명봉): 우는 봉황새. 덕이 있는 사람을 가리킴.
257) 指日(지일): 멀지 않은 어떤 때. 流氛(유분): 구란(寇亂), 외환(外患)과 내란(內亂)을
    말함. 『주례(周禮)·춘관(春官)·대종백(大宗伯)』: "타국의 사신이 휼례(恤禮)로
    구란(寇亂)을 위로하며 슬퍼한다(以恤禮哀寇亂)"에 정현(鄭玄)은 주(注)해 "전쟁이
    외국에서 일어남을 '구'라 하고, 국내에서 일어남을 '난'이라 한다.(兵作於外爲寇,
    作於內爲亂)"고 하였다. 명대 이자성(李自成)이 이끈 농민봉기를 '유분(流氛)'이라
    하였다. 草鴞(초효): 사나운 부엉이. 가렴주구(苛斂誅求)하는 관리를 지칭함. 草(초)
    는 '사납다'의 뜻임.
258) 乘驄(승총): 시어사(侍御史)를 말함. 관직은 높지 않으나 탄핵하는 권한이 컸음. 당
    (唐) 위응물(韋應物)의 시「홍주막부의 노시어에게 부쳐(寄洪州幕府盧二十二侍御)」
    에 "홀연히 남창령에게 알리니, 시어사는 군으로 들어가네(忽報南昌令, 乘驄入郡
    城.)"라는 구가 보임

새 직지사자(直指使者)가 순시한다면서 소나무 앞에서 고양이 두 마리를 몰아넣었다. 처음 보는 일이기에 장난삼아 짓는다.

저성(苧城)의 운무 사이로 맑은 빛 비치는데
직지사자 순행 길엔 봄빛이 가득하네.
위세 부리는 승냥이와 이리들 평탄한 길 활보하니
숨어드는 여우와 쥐 풍자의 민요 듣겠네.
지금 어사대엔 의욕 있는 봉황들 줄지어 있으니
멀지 않아 난리 통에 사나운 부엉이 다 사라지리!
흰 머리 늙은이와 머리 누런 아이가 이르네!
"시어사를 피하지 마시고 고양이 몰이나 마시기를!"

【해제】 암행어사 격인 직지사자인 관리가 직분을 수행하지 못함을 풍자하였다. 시제에 보이듯 본디 탐관오리를 잡아들어야 할 직지사자가 고양이나 괴롭힘을 읊었다. 순행하는 직지사자가 제 역할은 아니하고 약자들이나 괴롭히는 행태를 비판하면서, 훌륭한 관리와 무능한 관리를 각각 봉황과 부엉이에 비유하여 직지사자가 본분을 다하기를 바라는 심경을 읊었다. 여인의 정치 풍자시라 자못 관심을 끌게 한다.

범곤정(范壼貞)의 시가 문학259)

1. 범곤정과 『호승집시초(胡繩集詩鈔)』

범곤정의 자는 숙영(淑英)이며 호는 용상(蓉裳)으로 화정(華亭, 上海
市 松江) 사람이다. 소원(嘯園) 범씨(范氏)의 후손인 효렴(孝廉) 범군선
(范君選)의 딸로 호공수(胡公壽, 1823~1886)의 9세조(世祖)인 제생(諸
生) 호란(胡蘭)에게 시집갔으나 결혼 생활은 순탄치 않았다. 호란은 명성
이 없는데다가 무고하게 전사하였기에 이 부부의 생졸년은 살필 길이 없
다. 범곤정은 시가에 능해 작품집으로 『호승집(胡繩集)』 8권을 남긴 바,
『송강부지(松江府志)』에 수록되었다고 하나 확인되지 않는다.260) 이 시
집에는 진계유(陳繼儒, 1558~1639), 범윤림(范允臨, 1558-1641) 등의
「서(序)」가 있다고 한다.261) 범곤정의 시집으로는 후손 호공수(胡公壽)
가 재차 인쇄한 『호승집시초(胡繩集詩鈔)』 3권만 전해지기에 이 판본에
의거해 이 글을 쓰게 되었다.

범곤정의 종조부인 범윤림은 그녀가 재정(才情)이 넘치는데다 성품이
한아(閒雅)하며 태생이 총명하였기에 시에 능할 수 있음을 칭송하고 그
녀의 시를 가려 『호승집』을 출간함에, 그 연기(緣起)를 「호승집시초서」
에서 아래와 같이 기술하였다.

"우리 종실 여사(女士)인 숙영(淑英)은 호(號)가 용상(蓉裳)으로 효렴(孝廉)

---

259) 이 주제는 본서의 상권에 쓰인 내용과 일치한다. 고시와 율시를 함께 논해서이다.
260) 그 이유는 沈大成이 『胡繩集詩鈔』에 쓴 "夫人有『胡繩集』八卷. 長白先生實爲選刻,
陳徵君眉公所手評者也. 鼎革之際, 版毀兵火, 故楮零縑, 罕有存者, 夫人之曾孫鯨發,
懼先著之失墜, 訪求積年, 擸撫散佚, 重爲編輯, 得古今體詩若干首. 分上中下三卷, 曰『
胡繩集詩鈔』." 글로 살필 수 있다.
261) 『歷代婦女著作稿』 참조.

범군선(范君選)에서 태어났다. 총명하고 슬기로우며 성품은 조용함을 좋아했고, 더욱이 바느질하고 정결히 술 담그기를 중시하였다. 역사를 탐구하고 시편을 음창(吟唱)함에 이미 정교하고도 능하게 할 수 있는데다 또한 사색해 탐구하는 데에도 솜씨를 보였다. 내 내자(內子)의 『낙위집(絡緯集)』을 가까이 해 더욱이 매우 좋아했기에 차마 손에서 놓지 못했고 입으로는 읊조림을 멈추지 않았다. 깨달음이 있게 되면 이로 인해 때에 느끼어 사물을 읊고 감흥에 의탁해 회포를 토로함에 부드러운 붓을 잡고 글을 지어 초롱거리는 생각을 가려내었고 소전(素箋)을 펼쳐 양양(洋洋)한 운(韻)을 이어갔으니, 바로 이씨(李氏)의 아름다운 시문이요, 소가(蘇家)의 금자(錦字)262)로, 또한 백중간이라 할 만 했다. 그녀는 그것을 본래 베개 가운데의 진귀한 보배로 여겨, 남에게 보이려하지 않았기에 내가 그것들 중의 하나, 둘을 뽑아 출간해 보인다. 우리 종실의 여인이 조물(造物)에게 신령스러움을 구해, 읊조리며 노래함을 그만두지 않았음은 성정(性情)의 연마에 스스로 만족해서이다. 그래서 『호승집』이라 제하고 되는대로 몇 마디를 적어 서책의 머리말로 삼는다."263)

범곤정은 총명한 여성일 뿐 아니라 시가에 남다른 흥미를 지녀 성취가 높은 시를 많이 쓰게 된 점을 알 수 있고, 범윤림의 처이자 그녀의 종조모인 서원이 그 남편과 화창해 지은 『낙위음(絡緯吟)』의 시를 좋아해 "수불인석, 구불정음(手不忍釋, 口不停吟)"했음을 알 수 있다. 따라서 서원의 영향을 다소 받게 되었음을 짐작할 수 있으며 그녀가 고심해 작시한 것이 바로 성정 도야를 위한 것이었기에 유가적 수양을 중시한 면을 살필 수 있다.

범윤림은 당시의 명사인 미공(眉公) 진계유264)에게 서(序)를 청해 8

262) 산동성 鄞城縣 蘇氏는 魯의 비단 織造의 世家로 그 생산품이 그 지방에서 매우 유명하여 민간에서 "蘇家錦"이라 칭함. 이 소씨 가문은 방직기술을 대대로 집안에 전수한데다 흰 비단에 七言長律 『織造經』을 써 적장자에게 전했으니 모두 714字로 쓰였다. 이 『織造經』은 소씨 집안의 家寶로 전해진다.

263) 「胡繩集詩鈔序」: "余宗女士, 淑英號蓉裳者, 産自孝廉君選. 聰慧性成靜好, 彌重縫裳潔醴. 旣擅精能搜史哦編, 復工摩揣. 卽余內子『絡緯集』, 尤爲鍾愛, 手不忍釋, 口不停吟. 若有領會也者, 因是感時賦物, 托興抒懷, 弄柔翰而抽軋軋之思, 展素箋而綴洋洋之韻, 卽李氏瑤篇, 蘇家錦字, 亦堪伯仲矣. 彼固欲爲枕中之珍秘, 不示人. 余拔其一二, 付梓以表. 余宗之媛, 乞靈造物, 不廢咏歌, 自足陶情而鍊性也. 因題曰『胡繩集』, 漫識數言, 而弁於簡端."

권으로 간행하였는데 당시 진계유는 이미 80여세의 고령으로 산 속에서 요양 중이라 속무(俗務)를 보지 않았다. 노우(老友)인 범윤림이 보낸『호승집』을 읽고 그 서에 "『호승집』은 학사 범윤림의 품명으로 중시 받아 절로 세상에 널리 알려질 것이니 내가 말을 덧붙임이 어찌 받아지리오! 『호승집』을 서재 가운데 두기만 해도 서숙(徐淑)265)의 문사(文詞)와 같이 마음을 맑게 하고 눈을 환하게 하리니, 병마를 90리 밖으로 물러나게 함이 어찌 불가하리요!(『胡繩集』而取重於學使品題, 自當行世, 余何容贅. 雖然置『胡繩集』於齋中, 與徐淑文詞, 瑩心耀目, 俾病魔再避三舍, 何不可也.)"라고 써 극찬하였기에 범곤정의 시가 성취를 살피게 한다.

『호승집』은 3색으로 인쇄했으며, 붉은 붓글씨는 진계유가 평점(評點)을 더한 곳이라 하는데266), 이『호승집』은 전하지 않기에 그녀의 시가 성취를 품평한 흔적을 살필 길이 없어 아쉽기만 하다.

송강(松江)의 저명 시인인 심대성(沈大成, 1700-1771)267)은 「호승집시초서(胡繩集詩鈔序)」에서 범곤정의 시를 "경물에 마음을 두고 성정을 서사한 시편이 매우 많아 봉묘(峯泖) 사이에서 회자되고 오회(吳會)까지 점차 파급되어 지금까지도 그것을 말하는 이가 여전히 많다(留連景物, 抒寫性情, 篇什繁富, 膾炙峯泖間, 駸駸播於吳會, 至今猶多道之者)"라고 평해 그녀 시의 성취가 돋보임을 강조했고, 그 뒤에는 "부인의 시는 특히 고시에서 뛰어남을 보였는데 5언은 원래 악부에서 근원하니 성정

<hr>

264) 陳繼儒: 명대문학가로 字는 仲醇이며 號는 眉公 혹은 麋公이라한다. 華亭(上海, 松江)사람이다. 諸生으로 29세에 유가의 衣冠을 불태우고 小昆山에 은거하였다. 후에는 東佘山에 지내면서 杜門하고 著述하였다. 시문에 능했고 書는 蘇軾과 米芾을 본받았고 회화에도 능했다. 여러 번 황제의 부름을 받았으나 늘 병을 핑계로 사양하였다. 서화집으로『梅花册』,『雲山卷』 등이 전하며, 저술로『妮古錄』,『陳眉公全集』,『小窗幽記』 등이 전한다。

265) 徐淑: 東漢의 여 시인으로 秦嘉의 처이다. 부부의 금실이 좋아 남편이 병사한 뒤에 개가하지 않고 수절하다 죽었다. 그녀의 작품으로「答秦嘉詩」一首와 答書 二篇이 전한다.

266) 이 글은 光緒五年(1879) 9세 孫 胡公壽『胡繩集詩鈔』를 펴내며 그 序에 쓴 "卷首有范長白允臨, 及陳眉公繼儒二序. 每詩又加眉公朱印評語. 二翁署年, 皆八十有二."라는 글로 알 수 있다.

267) 沈大成: 字가 學子이며 號는 沃田으로 江蘇 華亭人이다. 諸生으로 시와 古文에 능했으며 博聞强識하였다. 다수의 經史書를 校定했으며『學福齋集』58권을 저술하였다.『清史列傳』에 그의 傳이 전한다.

이 넘쳐흘러 진송육조(晉宋六朝)의 유풍(遺風)을 얻었다(夫人之詩, 尤長于古, 其五言原本樂府, 而聲情橫溢, 得晉宋六代之遺.)"라고 말해 5언 고시의 성취를 제기했고, "그녀의 7언 장편은 위로는 포조(鮑照)를 종(宗)으로 하고 아래로는 장적(張籍)과 왕건(王建)268)을 본받아 세상사에 강개하고 무용(武勇)에 격앙함이 진풍(秦風)지역의 노래에 가깝다.(其七言長篇, 上宗鮑明遠, 下亦規仿張王, 其慷慨時事, 激昂用壯, 庶乎秦風之版屋)"라고 평해 그녀의 7언 고시가 포조를 근간으로 장적, 왕건의 영향을 받아 상란(喪亂)의 강개를 읊은 진풍에 가까운 풍격임을 부연하였다. 이에 그녀가 특히 고시(古詩)에 능할 수 있었던 것은 자신의 시가 수양을 바탕으로 전화(戰禍)가 그치지 않는 당시 사회의 모순과 부조리를 고발하려는 강렬한 의지를 보인 때문이다.

또한 심대성은 범곤정 시의 주된 경향을 "그녀가 남편을 오래도록 그리워하며 누대에 올라 멀리 바라봄에 이르러, 남편이 산위에 있다는 말과 밝은 달 뜬 속에 돌아온다는 말이 늘 많게 쓰인 것은 명대(明代)의 법제에 매년 배로 동남에 곡물을 운송함에, 속관이 백성을 거두면서 마을과의 내통으로 좌천되어 다시 오랜 세월을 행역한 때문이다. 그녀의 시를 읽으면서 그녀의 뜻에 슬퍼짐은 바로 「권이(卷耳)」, 「여분(汝墳)」의 그리움이 있어서다.(至其永懷所天, 登樓望遠, 恒多藁砧山上之辭, 明月刀環之句, 蓋由明制 歲漕東南, 粟官收民, 兗閭左踐, 更經年行役. 讀其詩而哀其志, 其有「卷耳」、「汝墳」之思乎)"라고 말해 그녀의 시가 성향을 살피게 하였다. 하지만 청초(淸初) 주이존(朱彝尊, 1629-1709)은 『명시종(明詩綜)』에서 범씨의 이 같은 영회시를 선록하지 않고, 칠률(七律)「제연우루도(題煙雨樓圖)」 1수만을 수록한 것은 아마도 그녀의 시가에 대한 평가 기준이 서로 다른데서 기인한 듯한데, 아마도 독창성이 선록의 기준이 되었을 것이다.

---

268) 王建(767?-830?): 일생토록 미천한 관리로 지내며 빈곤한 생활을 하였다. 사회현실에 참여하면서 백성들의 고초를 이해하게 되어 대량의 우수한 樂府詩를 지었다. 그의 악부시는 張籍과 명성을 같이하기에 세칭 "張王樂府"라 한다 저술로 『王司馬集』이 전한다. 특히 부녀가 멀리 떠난 남편을 그리워하는 「望夫石」, 「精衛詞」 등은 굳건한 애정과 피압박자의 투쟁정신을 노래하였다.

『호승집시초』 앞면에는 진계유와 범윤림 두 사람의 「서(序)」, 그리고 청대 송강(松江)사람 심대성의 「서」가 있고 그 다음으로 9세손 호공수(胡公壽)가 광서(光緖) 5년(1879) 기묘년(己卯年)에 붓으로 쓴 「서」가 있다. 호공수의 「서」는 가제(家弟)인 공번(公藩)이 건륭(乾隆) 초년(初年)에 중각(重刻)한 『호승집시초』를 다시 동인(同人)에게 나눠주기 위해 광서(光緖) 5년 윤(閏)3월에 중각한 이유를 언급하고 있다.269) 이 글은 응당 제일 뒤에 실어야 하는데 범윤림 「서」 뒤에 두었기에 혼동하기 쉽다. 이 시초 맨 뒤에는 증손 호유종(胡維鐘)270)의 발(跋)이 있는데, 이 발은 『호승집』이 전해지지 않았기에 그가 수년에 걸쳐 증조모인 범곤정이 남긴 고금체시(古今體詩)를 찾고 구해 상, 중, 하 3권을 1책으로 묶고, 심대성 서(序)를 부쳐 『호승집시초』란 시집명으로 청(淸), 건륭(乾隆) 을유년(乙酉年, 1789)에 천유각(天遊閣)에서 간행한 연기(緣起)를 기술하고 있다.

호유종(胡維鐘) 발(跋) 중에 "망국(亡國) 시기 소주(蘇州) 범윤림 선생이 선각한 것이 10중 6, 7에 불과함은 빈번한 재난에 연잇고 판각한 것이 전란에 훼손되어서이다. 백년 이래로 흩어져 없어진 것을 수집하고 유실된 것을 찾아 보존한 것은 겨우 10중 3, 4일 뿐이다.(勝國時吳中, 范長白先生選刻者, 什之六七, 洊更喪亂, 版毁兵火. 百年以來, 捃拾散亡, 搜求遺佚, 令存者, 僅什之三四矣.)"라는 기록이 보이며 이어 쓴 "지금 다행스럽게도 여러 해에 걸쳐 자질구레한 것들을 모아 차례대로 배열해 서질(書帙)이 되었기에 인쇄인에게 주어 책이 전해지기를 바라게 되었다. 하지만 교목(喬木)이 있지 않으니 마시는 나무잔이 어디에 있겠는가? 마치 실처럼 끊어지려는 줄기를 어루만지며 수없이 많은 것에서 하나를 주웠으니 비적(秘籍)으로 저장한 서고(書庫)의 좀 먹은 서간 같고,

---

269) 이 시집은 光緖 4년(1878)겨울 범곤정의 9세 손인 胡公藩1)이 松江 故家에서 『호승집시초』를 찾게 된 바, 좀은 먹었다 해도 문자는 결손되지 않아 光緖 5년(1879) 閏3월에 乾隆 연간 天游閣 판각을 다시 인쇄 출간하게 되었다. 그는 출간하며 "苟他日研田稍潤, 當以原集依式重鐫, 幷擬將省庵先生(胡維鍾) 未刻『北遊草』附於後."라고 술회하였으나, 필자는 아직 光緖本을 구하지 못했기에 『北遊草』를 접할 수 없었다.
270) 號는 省庵으로 光緖 『松江府續志』 권 31 쪽에는 維助으로 기록됨 .『茸城雜憶』2쪽 楊坤이 기술한 "『胡繩集』과 嘯園"의 기록에 의거함.

많은 재난에 남겨진 재와 같아, 아득하기가 숲 아래의 강풍(強風) 같고 미세하기가 바다 속 붓글씨 와 같다. 다만 한탄하며 울면 슬픔만 생기고, 깊게 생각하면 순식간에 예민함만 더할 뿐이다.(今幸薈蕞積年, 排纘成帙, 得付梓人, 冀垂來葉. 然而喬木靡存, 栖梡何在. 撫墜緖其如絲, 掇什一於千百, 比諸羽陵蠹簡, 賢㧖餘灰, 邈林下之高風, 宛海中之點墨. 抑亦憮儌生悲, 俯仰增感也已.)"라는 기록은 『호승집시초』 3권이 범곤 정 작품의 극히 적은 일부임을 살피게 한다.

2. 범곤정 시가의 창작배경

만명(晩明) 시기 강남 지역은 경제가 번영했기에 사대부들은 음영하기 를 서로 좋아하여 기이함을 다투었으니, 그 유풍이 규각에 이르렀다. 특히 이 같은 문풍의 성행은 명말 복사(復社)와 기사(幾社)의 출현에서도 찾을 수 있으니, 바로 "이때가 되어 태창의 장씨 형제가 복사(復社)를 일으키니 우리 군 진황문의 기사가 그것을 이어 유풍이 입혀져 마침내 규각에 이르 니 육경자, 서원, 심의수와 그녀의 딸 엽환환, 엽소란 모두는 거기에 뽑힌 이들이다(當是時, 太倉張氏兄弟興復社, 而吾郡陳黃門幾社, 繼之流風所 被, 遂及閨閣, 陸卿子, 徐小淑, 沈宛君, 與女葉昭齊, 瓊章姉妹, 皆其選 也.)"271)라는 기술이 바로 그 단서이다. 따라서 범곤정 시는 소주(蘇州)의 육경자(陸卿子), 서원(徐媛, 字 小淑, 1560-1620), 심의수(沈宜修, 字 宛君, 1590-1635), 엽환환(葉紈澣,字昭齊,1610-1632),엽소란(葉小鸞, 字瓊章,1616-1632) 등과 같은 여류 시인의 영향 아래 창작되었음을 알 수 있다.

특히 범곤정은 종조모인 서원(徐媛 1560?-1620)의 시를 애호했기에 그녀가 쓴 주제나 풍격에 다소의 영향을 받았을 것으로 유추된다. 따라 서 범곤정이 시작활동을 한 시기는 서원의 생년보다 40-50년 뒤인

---

271) 沈大成 「호승집시초서」 참조

1600-1610년 전후로 추정할 수 있다.

한편 청(淸) 왕단숙(王端淑)이 강희(康熙) 6년(1667)에 청음당(淸音堂) 각본으로 낸『명원시위초편(名媛詩緯初編)』에서는 범곤정의 시 2수「추야(秋夜)」와「춘규효월(春閨曉月)」272)을 선록하고는, 소주(蘇州) 사람이라고 소개했으나, 청(淸) 운주(惲珠)가 편찬하여 도광(道光) 11년(1831)에 홍향관(紅香館) 각본으로 낸『국조규수정시집(國朝閨秀正始集)』에서는 그녀의「정녀시(貞女詩)」 1수를 선록하면서 강소(江蘇) 화정(華亭) 사람이라고 표기해 기록이 상이(相異)함을 보였기에 그녀의 주된 거처를 살필 길이 없다. 단지 그녀가 시집간 제생(諸生) 호란(胡蘭)의 집안이 소주에 있지 않았을까 유추할 따름이다. 따라서 그녀는 이 두 지역을 왕래하며 생활했을 것으로 추측할 수 있다. 그녀의 시편에는 거의 지명이 제기되지 않는데, 절구에서만 "소원(嘯園)"과 "오문(吳門)"이란 지명이 자주 등장하기에 이를 근거 삼을 만하다. "소원(嘯園)"은「유소원부(游嘯園賦)」병서(幷序)에서 다음과 같이 소개되고 있다.

> "소원은 돌아가신 증조(曾祖) 방백공(方伯公273)(范惟丕))께서 직접 만드신 정원이다. 지금까지 100여년이 되었는데 아버님께서 집에 계시면서 좀 한가하실 때마다 항상 이곳을 노니셨다. 나도 역시 일찍이 여기에서 책을 읽곤 했으니, 누대 있고, 전각 있고, 연못 있고, 다리 있고, 정자가 있다. 비록 땅은 몇 이랑 안 되었지만 하늘로 오르는 고목들이 수십 그루 있어, 긴 여름엔 그늘에 의지할 만 하였다.······ 책상에 기대어 책을 음미하다가, 바위산에 기이한 모습이 모임을 멀리 바라보았다. 진실로 부귀를 버리고 왕공(王公)을 업신여길 만 했기에, 이에 부를 지어 그것을 기재한다."274)

---

272) 이 시는 "小院沈沈夜, 梨花滿藥欄. 朱簾光欲曙, 角枕漏初殘. 夢到關山遠, 情深隴水寒. 淸閨久寂寞, 孤影伴芳蘭."으로『胡繩集詩鈔』에는 보이지 않는다. 胡維鐘이 편찬할 때 빠트린 듯하다.

273) 方伯(방백): 명청대(明淸代)에 포정사(布政使)를 모두 방백이라 칭하였다. 방백공은 范惟丕로 江西布政使를 지냈기에 방백이라 칭하였다. 그는 후에 南京太僕寺卿을 지냈기에 沈大成의『호승집시초』序에 "夫人系出文正, 爲太僕中方曾女孫, 孝廉君選子女子, 而大叅長白之從女孫"라는 기술이 보인다.

274)「游嘯園賦」幷序: 부록을 참조할 것.

곧 소원은 증조 범유비(范惟丕)가 세운 정원으로 범씨가 문학적 소양을 키우는데 큰 도움을 준 정원임을 알 수 있다. 또한 범유비는 바로 범윤림의 부친으로 북송 범중엄(范仲淹, 989-1052)의 17대손이었으니 범씨의 세가(世家)가 권문세족이었을 뿐 아니라, 소원은 그녀가 시집가기 전에 살던 화정(華亭)에 있었음을 살필 수 있다. 이러한 생활환경과 종조모 서원의 시풍은 그녀가 시가 창작 생활을 즐기게 된 계기가 되었음을 짐작할 수 있다. 또한 "오문(吳門)"이란 지명은 소주로, 「동일오모씨주박오문감부(冬日同母氏舟泊吳門感賦)」 2수에서만 보일 뿐, 소주(蘇州)이외의 지역에서는 쓴 시가 없기에, 남편을 따라 여러 곳으로 여행하면서 견문을 넓혔던 서원의 시와는 그 제재나 풍격이 다를 수밖에 없었음을 알 수 있다.

『호승집시초』맨 끝에 첨부된 부(賦) 2수 중「춘규몽리인부(春閨夢裏人賦)」의 말미에 보이는 "가지 위의 꾀꼬리 갑자기 슬프게 울어 꿈 깸을 한스러워 하네. 누가 믿었으랴! 남편은 돌아오지 못하고, 강가에서 백골이 썩어 감을!(恨枝上之黃鳥兮, 忽哀啼而夢殘. 誰信! 良人之不反兮, 朽白骨於河干.)"이라는 단락은 남편이 상란(喪亂) 중에 전사했음을 짐작케 하는 단락으로, 범씨가 거의 반생을 홀로 지내면서 느낀 외로움이 시가 창작의 주된 배경이 된 점을 살필 수 있다.

3. 고시(古詩)와 율시의 주제 및 그 내용

전해지는 범씨의 시는『호승집시초』권상(卷上)에 5언고시 20수, 7언고시 38수(총58수) 권중(卷中)에 5언율시 32수, 7언율시 16수(총48수) 권하(卷下)에 5언절구 34수, 7언절구 36수(총70수)가 수록되었기에 모두 176수가 전한다. 아울러 2수의 부(賦)인「유소언부(游嘯園賦)」병서(并序),「춘규몽리인부」가 『호승집시초』맨 뒤에 첨부 되어 전한다. 특히「춘규몽리인부」말미의 탄식은 남편이 종군하다가 전사했음을 짐작케 하니, 그녀의 시가 중에 사부시(思婦詩), 이별시(離別詩), 원시(怨詩)

가 다수를 점하는 까닭을 알 수 있다.

화정(華亭)의 저명한 문인 심대성이 그녀 시가의 성취를 평한 고시 58수와 율시 48수의 주제는 아래와 같이 대별할 수 있다.

주된 주제별로 나누면 사부시(思婦詩: 閨怨, 棄婦, 怨情, 失寵, 亡夫) 38수, 별리시(別離詩: 別愁, 別情, 惜別) 18수, 절후시(節候詩) 14수, 절의(節義)와 숭덕(崇德) 찬미시 7수, 세태풍자시(世態諷刺詩: 難得知音, 官吏諷刺, 苛斂誅求) 7수, 인생관을 담은 철리시(哲理詩) 6수, 사친시(思親詩) 2수와 기타 시(부득지, 음영미인, 소년찬미 등) 15수로 구분할 수 있다. 그 중 남편을 그리워한 사부시(思婦詩)와 남편과의 이별을 슬퍼한 별리시가 모두 56수 이상으로 절반을 넘으니 범곤정의 시가는 사부시가 주류임을 알 수 있다. 특히 이러한 시들 중에서도 "고침(藁砧)"이란 용어를 시제에 그대로 넣어 지은 작품이 13수[275]이기에 남편에 대한 그리움이나 우수의 정도를 살피게 한다.[276]

따라서 범씨 시가의 주제를 편의상 1)사부시(思婦詩), 2)절후시(節候詩), 3)정절(貞節)과 숭덕(崇德) 찬양시, 4)세태(世態) 풍자시(諷刺詩)및 인생관을 담은 철리시(哲理詩), 5)제화시(題畫詩)로 구분해 그 특질을 살펴 볼 수 있다.

1) 사부시(思婦詩)

사부시는 남편에 대한 애(哀)、원(怨)을 읊은 시로 규원(閨怨), 기부(棄婦), 원정(怨情), 실총(失寵), 망부(亡夫), 별수(別愁), 별정(別情), 석별(惜別)을 제재로 하였는데 모두 56수이다. 이는 모든 고시와 율시 106수중에서 56수를 점하니 범곤정 시가 주제의 대부분은 남편의 부재(不在)에 대한 애(哀)、원(怨)이나 실의라고 할 수 있다.

우선 오랫동안 헤어졌던 남편과 재회의 기쁨을 그린 「동야희고침귀

---

275) 對酒憶藁砧/春暮憶藁砧/送藁砧入都/和藁砧惜別詞/代藁砧寄友/秋夜憶藁砧/村晚憶藁砧/夜坐天游閣懷藁砧/送藁砧入都/冬夜喜藁砧歸/懷藁砧/送藁砧游金陵 其一/送藁砧游金陵 其二

276) 『호승집시초』卷下은 絶句만을 모은 시집으로 여기에는 五絶 34수, 七絶 36수(모두 70수)가 수록되었는데 이 중 7수의 시제에 藁砧이란 용어를 썼다.

(冬夜喜藥砧歸)」는 "올 겨울 추위 사납지 않았어도 작은 누각에 매화 피었네. 밝힌 촛불 막 바꾸고, 잔 드니 달 이미 기울었네. 그리운 정 끝이 없었는데, 서로 만나니 말은 한없네.(今冬寒未厲, 小閣有梅花. 秉燭更初動, 擎杯月已斜. 相思情不極, 相見話無涯.)"와 같이 술회하여 남편을 만난 때가 시절도 매섭지 않아, 밤새도록 이야기를 나눠도 끝이 없었음을 회상하였고, "고상한 맛 가난한 집일수록 좋기에 새로 거른 술 싼 값에 샀네.(風味貧家好, 新篘底用賒.)"라는 미연(尾聯)으로는 가정 형편이 넉넉지 못하지만 재회의 기쁨만은 만끽했음을 언외(言外)로 드러내었다. 하지만 이처럼 기쁨을 묘사한 시는 얼마 되지 않으며 이별의 고통이나 기다림을 쓴 시가 대부분을 차지한다. 다음 5언고시 「춘원(春怨)」은 따사로운 봄날 남편을 그리워하며 돌아오기를 바라는 애절함을 썼다.

봄날 따스하고 하늘에 구름 없으나, 하늘엔 임 보이지 않아
앵두꽃 아래에서 춤추다가, 홀로 서서 석양에 의지했네.
주렴과 수놓은 휘장 봄바람에 멀어져, 수심 엉겨 뒤엉킨 꽃들을 홀로 대했네.
왕손 같은 임 실망스럽게도 돌아오지 않는데, 하늘가 향기로운 풀은 산비탈을 가렸네.
春暖天無雲, 長空不見君. 櫻桃花下舞, 獨立倚斜曛.
珠簾繡幕東風遠, 凝愁獨對花繾綣. 王孫望望不歸來, 天涯芳草迷長坂.

구름 없음, 봄바람, 만개한 꽃 등과 같은 자연 현상에 작자의 외로운 감정을 투영시켜 그리운 임이 돌아오지 않는 비애를 함축하였다. 특히 "이경서정(以景敍情)"의 방식으로 춘원(春怨)을 상외(象外)로 그렸다.

5율 「추규원(秋閨怨)」 또한 작품 배경이 가을일 뿐 유사한 방식으로 원정(怨情)을 읊었다. 이 시는 "엽락(葉落)", "공음(蛩吟)", "동화모(桐花暮)", "향우침(香雨沈)"으로 가을의 정취를 그린 뒤, "난결(嬾結)", "장회(長懷)"로 원정(怨情)을 드러내어 남편이 곁에 없는 우수를 곡진히 한 뒤, "바람 불어 다듬잇돌 치워버렸네.(吹徹搗衣砧)"라고 써 그리운 정이 다해 원정으로 바뀌었음을 우의하였다.

이와 유사한 정조를 보인 시구로는 「대주억침고침(對酒憶藥砧)」의

"멀리 바라보니 더욱 수심 맺히는데, 떠가는 구름은 어디로 돌아가나!(望遠轉愁結, 流雲何處回.)"를 들 수 있으니 원정(怨情)을 애정(愛情)으로 승화시켜 읊은 예이다. 반면 「춘효곡(春曉曲)」의 "애달퍼라! 새벽꿈은 바로 관서의 꿈이건만, 닭 울음과 앵무새 울음이 서로 끊였다 이어짐이!(可憐曉夢正關西, 雞聲鸚聲相斷續.)"와 「석일(昔日)」의 "술기운 남아 밤 적막하져 창 밀고 바라보니, 먼지가 거울을 어둡게 하여 조각달 누러네.(酒殘夜寂推窓望, 塵暗菱花片月黃.)"와 같은 술회는 남편과 이별로 생긴 실의를 경(景)으로 드러낸 예이다.

한편 범곤정은 외지를 떠도는 남편에 대한 실의를 보였으니 「의청청하반류(擬靑靑河畔柳)」의 "떠돌며 노니는 사내에게 시집오니, 세월은 벗어나듯 빠르기만 하네. 오래 머무시며 먼 길을 한하시려니 어찌 명철하신 임을 뵈랴!(自嫁游冶郎, 流光迅超越. 淹留恨遠道, 何以覯明哲.)"라는 술회가 바로 그렇다. 다음 「고의(古意)」 또한 유사한 정감을 토로하였다.

그대는 우물 밑 샘물 같이, 평생토록 웃으며 말해 입에 파문 일지 않았고
게다가 우물의 도르래 같아, 평생토록 여러 사람 손 거쳤기에 마음 외롭지 않았네.
이 내 마음은 피었다가 다시 지는 꽃 같아, 꽃 지고 꽃 핌에 늘 적막했네.
한(恨)서림은 산 같아 옮길 수 없었고, 남쪽 배와 북쪽 말 같아 좇을 연유 없었네.
아침마다 거울 대해 구름 같은 머리 빗으며, 하얀 분 바르지 않음은 누구 때문이었나?
君如井底泉, 終年笑語口無瀾. 又如井轆轤, 終年宛轉心不孤.
妾意如花開復落, 花落花開長寂寞. 有恨如山不可移, 南船北馬無由隨.
朝朝對鏡梳雲髻, 不御鉛華却爲誰.

앞 두 연은 남편에 대한 원정(怨情)의 내원을 써, 시인과는 인성이나 처지가 다른 남편을 제기함으로써 자신에 대한 무관심을 함축했다. 제 3연은 자신의 처지가 화개부락(花開復落)과 같아 보아주는 이가 없는 외로움을 술회했으며, 제 4연은 두 사람의 처지가 남선북마(南船北馬)라서 근본적으로 서로 합치할 수 없는 한(恨)을 묘사 했고, 마지막 연은 사랑

받지 못하는 처지를 직설해 애상이 극에 이른 것을 표현했다.

또한 남편에 대한 사랑과 믿음을 견지하기 어려움을 우의한 「혜방(蕙房)」은 임을 사랑하게 되어 향기 나는 좋은 방으로 들어가 미래를 약속하며 사랑을 나눴음을 고백한 뒤 금성과 은하수가 한 때만 찬란한 빛을 발함을 빌어 임의 총애는 순간으로 끝남을 강조하여, 실의의 정도를 엿보게 하였다. 곧 "은혜와 총애 받았지만 어찌 오래 가려나?(承恩承寵安可長)"와 같은 직설적인 표현은 부부애가 깊지 못한 데서 온 애원(哀怨)의 묘사다. 이같이 실총(失寵)을 직설적으로 드러낸 시는 그 수가 얼마되지 않는다.

한편 기부(棄婦)의 신세로 외롭게 살아가는 처지를 기탁한 영물시 「추선(秋蟬)」은 함의가 깊다. 이 시는 가을바람 속에 매미 울음이 처량하게 들려 제철이 지났음을 강조한 뒤, 늦가을 매미의 생태를 그려 자신의 불우를 토로하였다. 득의했던 한 때가 지났기에 외부 세계에 대한 두려움이 더욱 커짐을 부각시킨 예는 낙빈왕(駱賓王)시 「재옥영선(在獄咏蟬)」의 "이슬 무거우니 날아들기 어렵고 바람 세차니 소리 쉽게 잦아드네(露重飛難進, 風多響易沉)"에서 찾을 수 있다.

「부득원상망춘초(賦得原上望春草)」 또한 실총 묘사로, 시정(詩情)의 전개가 흥미롭다.

온화한 바람 소성(小城) 서쪽으로 멋대로 부는데, 평평한 언덕 바라보니 이미 푸른 빛 일색이네.
북쪽 변방에서 말 읊은 수자리 지킴 원망해선데, 붉은 누대에서 사람 취함은 석양 낮아져서네.
맑은 햇빛 일렁임은 봄 그늘 옅어져서건 만, 향 그런 운무 자욱하니 먼 산봉우리 희미하네.
되려 이상도 하지! 무리 진 꾀꼬리 어지러이 나는 곳이, 해마다 비에 잠기는 긴 둑인 것이!
軟風駘宕子城西, 一望平皐綠已齊. 紫塞馬嘶征戌怨, 朱樓人醉夕陽低.
晴光搖曳春陰薄, 香霧空濛遠岫迷. 却怪群鶯亂飛處, 年年和雨沒長堤.

봄날 임을 그리는 마음과 실총을 회복하기가 쉽지 않음을 함축하였다. 봄이 와 도처에 이미 푸른 풀 자라났건만 변방에 계신 임은 돌아오지 않기에 여인은 해질 때까지 임을 기다림을 썼다. 특히 제 3연은 청광(晴光), 향무(香霧)로 인해 시인 자신의 존재 가치가 약화됨을 형상하였고, 끝 연에서는 꾀꼬리로 비유된 임이 계신 곳이 "풀 자라고 여러 꽃 피어 나무 자라는 강남(江南草長, 雜花生樹)" 땅이어야 하는데, 무리 진 꾀꼬리 어지럽게 날고 해마다 비에 잠기는 제방임을 강조해, 임이 돌아오지 않을뿐더러 머물지 말아야 할 곳에 머물고 있는 어리석음을 우의(寓意)하였다.

「추야(秋夜)」는 왕단숙(王端淑)이 『명원시위초편(名媛詩緯初編)』에서 범곤정을 소주(蘇州) 사람이라고 소개하며 선록한 2수[277] 중 첫 수에 해당되는 작품이다. 이 시는 가을밤의 경상을 보고 느낀 정회를 그렸다. 날씨가 추워짐에 따라 나뭇잎은 시들고 철새는 따뜻한 곳으로 날아간다. 이러한 자연 변화는 규방에서 거문고를 연주하던 시인의 감회를 자극하여, 사방을 둘러보게 하나 보이는 이 없어 함제(含涕)하며 방황할 수밖에 없었던 자신의 처지를 우의해 임의 부재(不在)를 엿보게 하였다.

한편, 「추성(秋聲)」은 가을 소리만을 열거해 독거(獨居)하여 외로울 수밖에 없는 자신의 처지를 술회하였다. 상반부인 "맑은 밤 차가운 퉁소 소리 성긴 숲을 넘어오고, 만호 집의 겹친 성엔 저물녘 다듬이소리 급하네. 이슬 내리는 은하수로는 조두 소리 재촉하는데, 바람 높은 곳의 장식된 우물엔 도르래 소리 잠기네.(淸宵寒籟度疎林, 萬戶重城急暮砧. 露下銀河刀斗促, 風高金井轆轤沈.)"로는 근경(近景)인 한뢰(寒籟), 모침(暮砧)으로 추성(秋聲)을 드러냈고, 도두촉(刀斗促), 녹로침(轆轤沈)으로는 적막을 깨는 쓸쓸한 분위기를 첨가하였다. 하반부인 "귀뚜라미는 한밤중에 침상머리에서 울고, 기러기는 가을 깊어 변새 밖에서 소리 내 우네. 한 해 가며 적막함이 깊어져 절로 마음 상하는데, 창가로 쓸쓸히 비

---

277) 다른 한 수는 「춘규효월(春閨曉月)」인데 『호승집시초』에는 보이지 않는다.

내리니 더욱 견디기 어렵네.(莎雞夜半牀頭語, 鴻鴈秋深塞外音. 歲晚自傷搖落甚, 凄凄窓雨更難禁.)"로는 사계(莎雞)의 상두어(牀頭語)와 홍안(鴻鴈)의 새외음(塞外音)을 대비시켜 자신이 임과 떨어져 지냄을 우의한 뒤, 추야(秋夜)의 우성(雨聲)을 써 더더욱 견디기 어려운 처지를 엿보게 하였다. 늦가을 경상들을 청각적·시각적으로 결합시켜 고독을 부각시킨 점이 돋보인다.

이와 같은 시들을 통해 범곤정은 남편을 극진히 사랑하며 섬겼으나 기나긴 행역으로 인해 그녀의 사랑은 결코 되돌릴 수 없어 결국 원정(怨情)을 드러낼 수밖에 없었음을 알 수 있다. 심대성(沈大成)이 『호승집시초』 서에서 "그녀의 시를 읽으며 그녀의 뜻에 슬퍼짐은 바로 「권이(卷耳)」, 「여분(汝墳)」의 그리움이 있어서이다"라고 한 평은 바로 이 같은 특성을 개괄한 말이기도 하다.

2) 절후시(節候詩)

범곤정은 절후의 변화에 민감하여 「기등소곤산, 부과소적벽, 등미공선생독서대(旣登小崑山, 復過小赤壁, 登眉公先生讀書臺)」, 「감추(感秋)」, 「춘제곡(春堤曲)」, 「상원곡(上元曲)」, 「춘야곡(春夜曲)」, 「서교(西郊)」, 「무제(無題)」, 「구우(久雨)」, 「수세(守歲)」, 「우후(雨後)」, 「귀연(歸燕)」의 기이(其二) , 「십오야(十五夜)」 같은 시를 지어 절후가 일으키는 다양한 감회를 다채롭게 술회하였다. 우선 '비추(悲秋)'의 내원을 읊은 5언고시 「감추(感秋)」는 "호기(灝氣)"·"청민(青旻)"·"상풍(商風)"·"형축(形蹙)"·"백로(白露)"와 같은 가을 경색을 보이는 시어(詩語)에 "원선(元蟬)"·"황조(黃鳥)"와 같은 곤충이나 금(禽)을 등장시켜 만상이 쇠잔해 감을 각인시켰다. 특히 "백로령(白露零)"·"만화귀(萬化歸)"를 통해 세월이 너무 빠르게 지나감이 비추(悲秋)의 원인임을 역입(逆入)하여 표현함으로써 가는 세월을 만류하고픈 심경을 절실히 드러내었다. 곧 이 시는 추경(秋景) 묘사를 통해 유독(幽獨)으로 돌아가지 않을 수 없는 자신의 처지를 우의한 점이 이채롭다.

다음의 「춘야곡(春夜曲)」은 봄밤의 춤과 고요한 정취를 그리면서 온

밤을 홀로 지내야 하는 외로움을 곡진하게 묘사하였다.

> 진쟁 느슨히 당기니 은선(銀蟬)장식 드러나, 비단옷 좀 입어보고 평양무 추네.
> 열두 개 주렴으로 배꽃 날리는데, 달빛은 물처럼 밝아지니 제비 막 돌아왔네.
> 초승달 뜨지 않아 봄밤은 긴데, 백화 향 사라지니 촛불 싸늘해지네.
> 비취 깃 휘장 앞 봄빛은 짙건만, 바다 구름 하늘하늘 이니 해 막 붉어지네.
> 秦箏緩卸銀蟬吐, 羅衣小試平陽舞. 珠簾十二梨花飛, 月明如水燕初歸.
> 玉鉤不上春宵永, 百和香消炉冷. 翠羽帳前春色濃, 海雲冉冉日初紅.

달 밝은 봄날 밤, 진쟁(秦箏)을 당기고 나의(羅衣)를 입어보며 무료를 달래는데 주렴 밖으로 배꽃이 날리고 제비 날아드는 모습을 묘사하여 봄밤의 정취와 고요함을 형상하였다. 그런 뒤, 봄밤이 깊어가며 꽃향기 사라지고, 날 밝아 오며 뭉게구름 피어오르는 중에 봄밤이 다하는 아쉬움을 함축하였다. 무희(舞姬)와 가희(歌姬)의 예능을 칭송하며 이들에게 다수의 증시(贈詩)를 남긴 서원(徐媛)의 시와는 풍격이 여실히 다름을 엿보게 한다.

「서교(西郊)」는 봄날 교외(郊外)의 한가로움을 묘사하였다. "서녘 교외엔 봄빛 이른데, 이월되니 초록빛 가지런해지네. 모래톱 따뜻해 물새 누었고, 티끌 향기 내니 최명조(催明鳥) 우네.(西郊春色早, 二月綠將齊. 沙暖鳧鸞臥, 塵香鴨鳹啼.)"로는 물새들 누워 있는 모래톱은 따스한 봄기운을 전하는 듯 묘사했고 "하늘 드리우니 물안개 드넓어지고, 사람 취하니 저녁놀 낮아지네. 곳곳에서 시냇물 굽어 도는데, 꽃 피기에 지팡이에 의지했네.(天垂煙水潤, 人醉夕陽低. 處處溪山曲, 花開傍杖藜.)"는 '아지랑이', '저녁놀', 굽이도는 '시냇물', '꽃' 등의 시어들을 조합해 봄날의 한가로운 정취를 한 폭의 풍경화로 그려내었다. 이 시는 범씨의 회화에 대한 소양을 살피게 하는 작품으로, 그녀가 제화시(題畵詩)를 남기게 된 것도 우연이 아님을 살피게 한다.

다음의 5율 「무제(無題)」 또한 섬세한 언어 감각을 발휘하여 봄 정경을 그렸다. "제방으로 수 없이 드리운 버들가지, 못을 향하고 땅을 에둘러 그늘 드리웠네. 나는 저무는 빛을 타고, 이곳에서 그윽한 회포를 푸네!(堤上千絲柳, 臨池匝地陰. 我將乘晚色, 於此散幽襟.)"로는 못에 임한 땅을 그늘지게 한 무성한 버들로 시상(詩想)을 열었음을 말했고, "새 울음 숲 그림자 어둡게 했고, 꽃향기는 물가를 사이로 했네. 봄바람 성시에 가득 하니, 누군가 거문고 뜯는 이 있다고 말하네.(鳥語冥林影, 花香隔水潯. 春風滿城市, 誰道有鳴琴.)"는 '새 울음소리', '꽃향기', '봄바람'과 같은 시어를 시각·청각·후각·촉각에 연계시켜 봄의 정취를 실감게 하였다.

「수세(守歲)」는 세모의 수심을 읊은 시로 당시 세모의 관습을 엿보게 한다. "그믐밤 새움은 연말을 아쉬워 해선데, 안타깝게도 북두성 기우네! 매운 채소 먹음은 절기 따름으로, 자시 되니 한 해가 바뀌네.(守歲戀殘臘, 其如斗柄斜. 辛盤隨令節, 子夜換年華.)"로는 한 해가 또 지나가는 아쉬움을 끌어내어, 세밑에 매운 야채를 먹으며 수세하는 풍습을 그렸고, "마을마다 폭죽 터지는 소리 내고, 정원마다 꽃은 등불을 사르는 듯한데, 아이들 너무도 예의 없어, 북 치며 이웃 사람 괴롭히네.(爆響村村竹, 鐙燒院院花. 兒童太無賴, 擊鼓惱鄰家.)"로는 소란스런 아이들의 모습을 부각시켜 철모르는 아이들에 대한 연민을 씀으로써 시인이 그믐밤을 홀로 보내야 하는 서글픔과 외로움을 함축하였다.

「십오야(十五夜)」는 정월 보름의 정취와 관습을 읊었다. "봄바람 홀연히 그치며 보름 되어, 말 술 단지 다시 여니 또 만금 값일세. 옥 같은 이슬은 선인장 저편으로 밤새 내리는데, 금빛 새끼줄 같은 달빛 비단 자리 앞으로 차갑게 떨어지네. 진(秦)나라 쟁(箏)과 조(趙) 나라 슬(瑟)에는 희고 맑은 달빛 머무니, 유곽(遊廓)의 기녀와 이웃집 여인들 비취 비녀의 고움을 다투네.(春風忽已當三五, 斗酒重開又十千. 玉露夜零仙掌外, 金繩寒墮綺筵前. 秦箏趙瑟留華月, 北里南鄰競翠鈿.)"로는 보름 되자, 금값인 술 마시고 가무를 즐기면서, 미모를 뽐내는 기녀들의 행태를 묘사했다. 끝 연 "어찌해 자고 신에게 풍년을 묻나? 한 왕조에서 이 저녁에 바로 한 해의 복을 빌었거늘!(底向紫姑占歲稔, 漢家此夕正祈年.)"로는 한대(漢代)에서도 이 날 풍년을 비는 관습이 있었음을 제기해 기나긴 세월이 흐른 뒤에도 그 풍습은 여전함을 술회하였다.

절후의 감회를 읊은 이상의 시가를 통해 범씨는 절기의 변화로 일어나는 갖가지 정감을 다양하고도 개성 있게 표현했음을 알 수 있다. 봄날의 정취를 그린 시들은 정조가 밝고 유쾌한데 반해, 가을 절후를 그린 시에는 다소의 비애가 감돌며, 겨울 절기를 읊은 시들은 기대보다는 도려 한 해를 보내는 아쉬움과 외로움이 반영되었다. 절후의 감회를 묘사한 작품은 한아(閒雅)한 특징을 보이는데다 경색 묘사가 화려하지 않고 소박해 범곤정 시가의 또 다른 특색을 살피게 한다.

3) 정절(貞節)과 숭덕(崇德) 찬양시

범곤정은 유가 소양을 중시하는 가문에서 성장하였기에 유가 관념을 반영하는 작품을 다소 남길 수 있었다. 곧 유가의 덕을 숭상하여 정절을 찬미한 시가로 「우성(偶成)」, 「종란편(種蘭篇)」, 「중방국가(重訪菊歌)」, 「종죽(種竹)」, 「노(鷺)」, 「정녀시(貞女詩)」 병서(幷序), 「해상고효렴모절효시(海上顧孝廉母節孝詩)」 같은 시 7수를 들 수 있다. 우선 절의(節義)를 읊은 「우성(偶成)」은 외로운 중에서도 이별한 임을 생각하며 지조를 지키려는 결의를 다짐하였다.

복숭아꽃 자두 꽃 봄 자태 고운데, 소나무 측백나무 굳은 절개 엄숙히 하네.
각기 조화가 사사로워, 추위와 더위로 수명을 달리하네.
오늘 아침 두 땅에서 그리워져, 눈물 넘쳐흐르니 속마음 말하기 어렵네.
흰 구름은 험준한 요새에서 막히는데, 외로운 기러기는 깊게 쌓인 눈을 두려워하네.
가면 갈수록 일 더욱 어긋나, 쓸쓸하고 외로워져 마음 꺾이려 하나
의리와 그리움이라는 두 글자, 죽도록 지워지지 않게 새기리!
桃李媚春姿, 松柏厲霜節. 各含造化私, 寒暑終年別.
今朝兩地思, 淚溢衷難說. 白雲阻重關, 孤鴻畏深雪.
去去事多謬, 棲棲心欲折. 兩字義與思, 之死銘不滅.

이 시는 도리(桃李)와 송백(松柏)의 본성을 대조시켜 만물의 조화는

한서(寒暑)에 따라 서로 세(勢)를 달리함을 제기한 뒤, 님과 떨어져 지내야 하는 자신의 처지를 슬퍼하였다. 하지만 "의여사(義與思)"를 죽도록 지키는 것만이 현재의 상심을 극복하는 유일한 방도임을 제시해 유가적 관념을 선명히 하였다.

한편, 「종란편(種蘭篇)」은 난초를 심어야 할 이유를 제기한 악부시로, 소인과 군자의 차이를 "소인은 시기와 욕심이 많거늘, 군자는 고상한 덕을 숭상하네.(小人多忮求, 君子崇令德.)"라고 제기하여 여자도 난초를 심어 덕을 함양해야 함을 "이 말은 참으로 증험이 있으니, 취할만한 장점 성실히 본받아야지! 대대로 어진 선비 원대한 계획 많았으니, 여인도 난초 심고 가시나무는 심지 말아야지!(斯言洵有徵, 灌灌效一得. 由來良士多遠圖, 女但種蘭勿種棘.)"라고 강조하였다. 여인도 난향(蘭香)과 같은 영덕(令德)을 지녀야 한다는 주장은 그 당시로서는 계몽적인 사상으로, 여성들의 지위를 스스로 제고하는 방도를 제시한 점에서 주목할 만하다.

「중방국가(重訪菊歌)」는 추국(秋菊)의 고결한 멋과 정취를 읊어 고사(高士)의 덕망을 찬양하였다. 가을 국화의 정조가 고결함을 다양한 각도로 읊어 추국을 거듭 찾게 된 이유를 술회하였다. 국화는 가을의 주인으로 동리(東籬)와 월하(月下)에서 그 격이 더욱 높아짐이 방국(訪菊)한 이유임을 밝힌 뒤, 국화가 고사를 잠시도 떠날 수 없는 까닭을 역설(力說)하였다. 특히 환온(桓溫)이 중양절에 흥취로 모자를 떨어트린 고사와 도연명이 고향 시상(柴桑)에서 애국(愛菊)한 고사를 인용해 고사들이 국화의 정취를 더욱 아꼈음을 부각시켰다. 국화 꿈을 꾸면 꿈조차 속되지 않게 되고, 추풍(秋風), 추월(秋月) 속의 추국은 더욱 고결해 짐을 제기하면서, 국화가 망우(忘憂)를 이끄는 실체임을 부연하였다. 추국 찬양이 정절을 지키며 힘들게 살아가고 있는 자신을 위로할 수 있는 또 다른 방도였던 점을 살필 수 있다.

「종죽(種竹)」 역시 대나무의 절개를 찬양한 5율로 "작은 한 가닥 길엔 찬 구름 머물고, 삼상(三湘)엔 옅은 안개 짙네. 끝까지 깨끗한 절개 지키며, 굽히지 않는 마음 소중히 여기리!(一徑寒雲宿, 三湘薄霧深. 終期保貞素, 珍重歲寒心.)"라는 술회는 삼상(三湘)의 운무 속에 자라는 죽(竹)

의 덕망을 흠모한 묘사로 자신이 지향(志向)하는 절개임을 우의하였다.

「노(鷺)」 역시 해오라기의 고결한 덕을 찬미하였다. 물과 바람으로 몸을 정결히 하는 해오라기의 고아한 모습을 "가을 석 달 제 그림자 돌아보다가, 물가로 흩어져 갔네. 비에 두 날개 깨끗이 적셨는데, 바람에 머리 깃털 가볍게 드날리네.(顧影三秋裏, 離披水際行. 雨淋雙翼潔, 風颺頂絲輕.)"라고 형상한 뒤, "절로 물가에 은거하는 곳 얻었기에, 다시 갈대의 정 깊어지네. 제일로 애틋함은 조용히 잠든 곳으로, 밤 고요하고도 달뜬 하늘 밝네.(自得滄洲趣, 還深蘆葦情. 最憐眠穩處, 夜靜月空明.)"라고 술회하여 해오라기가 은거하며 잠드는 곳이 갈대 자란 섬과 밤 고요한 맑은 하늘임을 동경하였다. 시인의 감관을 해오라기에서 다시 해오라기가 잠드는 곳으로 옮겨감으로써 고결한 덕을 숭상하는 이유를 추적케 하였다.

절부(節婦)나 절효(節孝)를 칭송한 작품으로 "「정녀시(貞女詩)」 유서(有序)"와 "「해상고효렴모절효시(海上顧孝廉母節孝詩)」 대가군(代家君)" 2수를 들 수 있다. 우선 죽은 약혼자를 따라 자신의 목숨을 스스로 끊은 여인의 지조와 절개를 찬양한 「정녀시(貞女詩)」 유서(有序)[278]는 『국조규수정시집(國朝閨秀正始集)』에는 "양정녀(楊貞女)"로 표제 되어 있으며 범곤정 시로는 이 시만 실려 있다.

양정녀의 절개를 칭송한 이 시는 수절의 당위성을 층차적으로 강조하는 기법을 운용하였다. 약혼자에 대한 여인의 언약은 흘러간 샘물이나 활시위를 떠난 화살처럼 되돌릴 수 없음을 형상한 뒤 육례(六禮) 중 문명(問名)의 과정을 거쳤기에 약혼자가 이미 죽었다 해도 지아비로 섬겨야 하는 도리를 피력하였다.

특히 여인이 학식은 많지 않아도 절개를 중시하는 정신이 강했기에 글 많이 읽고도 의리를 가볍게 여기는 남정네보다 훌륭함을 찬양하였다. 아울러 양정녀는 절개를 지키려고 자결한 여인이기에 뭇 사람의 칭송을 받았으니 결코 죽은 것이 아님을 역설하였다. 이러한 사실을 억울하게

---

278) 有序: "里中楊氏女, 受唐聘未婚而壻夭, 女之父母欲女他字, 女不從遂自經也. 爲之歌以傳其事."

죽은 두아(竇兒)의 결백이 끝내 밝혀져 청사(靑史)에 실린 것에 비유함으로써 양정녀의 죽음도 결코 헛될 수 없음을 인증하였다. 이 시로 여인의 기구한 운명에 무한한 동정을 보낸 점에 유의할 만하다.

「해상고효렴모절효시(海上顧孝廉母節孝詩)」대가군(代家君) 또한 절효(節孝)를 칭송한 시로 홀어머니 밑에서 자라 시집 간 뒤 남편을 잃고 홀로 자식을 키우며 외롭게 살다가 세상을 떠난 고효렴(顧孝廉) 모친의 고된 삶과 의로움을 칭송하였다. 부친을 대신해 쓴 이 7언 고시는 고효렴의 모친이 젊은 나이에 과부가 되어 씀바귀 같은 고통을 맛보면서도 절(節)·효(孝) 속에 자식을 키운 공로를 찬양하였다. 특히 "시집와 무덤으로 덮여, 절,효라는 두 글자 얻음에, 일생토록 씀바귀 같은 고통 맛본 게 몇 번이었나! 등잔 불꽃 고요히 떨어짐은 굳은 절개 차가워서고, 창가 대나무엔 흔적 없음은, 눈의 피 말라서네. 고효렴 모친 살아서나 죽어서나 참으로 장부다웠네.(送親掩黃壚, 兩字節孝成, 一生幾茹茶. 缸花靜落霜心冷, 窗竹無痕眼血枯. 母生母死眞丈夫.)"라는 구절로는 절효를 지키며 과부로 살아가야하는 기구한 운명에 무한한 동정을 보내며, 자신의 불우한 명운에 대한 각별한 통한(痛恨)을 드러내었다. 이러한 통한을 바로 "황견비·황곡사에서 보인 효행, 청사에는 적고 동사(彤史)에는 많다네. 언 우물은 불꽃을 토하고 메마른 우물 물결 쳐서, 모친께 한 줄기 물결 남겼기에 강하를 에도네.(黃絹碑黃鵠辭, 靑史寥寥彤史多. 氷井噓炎枯井波, 留母一綫廻江河.)"라고 읊음으로써 자신의 가혹한 운명에 대한 비애를 함축할 수 있었다.

한편 범곤정은 선친을 애도(哀悼)한 「전선대인묘(展先大人墓)」와 돌아가신 모친을 그리워 한 시 「상회(傷懷)」를 읊어 부모를 그리는 정을 극진히 드러냄으로써 유가의 덕을 숭상하였다. 「전선대인묘(展先大人墓)」중 "왼쪽 숲 무덤은 시든 풀이 슬퍼했고, 봄바람의 마른 버들은 지는 달에 흐느꼈지. 한 움큼의 황토 되어 차가운 산에 묻혔으니, 세 자 되는 쑥은 백골을 싸늘케 했네!(左之林邱衰草悲, 春風枯楊泣殘月. 一抔黃土封寒山, 三尺蓬蒿冷白骨.)"라는 단락은 묘지에 묻힌 선친에 대한 정을 애절히 하였고, 끝 단락의 "사람들 딸 둠이 자식 없는 것보다 낫다했지만, 내 아버님 자식 있어 슬픔만 더하셨지! 바다위의 하늘 아득하여 길 끝없거늘 황천에 갇히셨으니 선친께선 아시는지!(人言有女勝無兒, 吾親有子益增悲. 海天漠漠無涯路, 一閟九原知不知.)"라는 술회로는 여식(女息)으로서의 도리를 다하지 못한 자책과 더불어 아들을 두지 못해 서운해 했던 선친에 대한 동정과 애도(哀悼)를 드러냈다.

「상회(傷懷)」는 돌아가신 모친을 애상(哀傷)한 시로 "매서운 서리 내려 긴 밤에 방울져 내리니, 온갖 꽃은 빛깔 시드는데. 세월은 허망하게도 달리듯 지나가고, 어머님은 묻혀 의지하기 어렵기에, 흐느끼며 두 눈동자 가리니 눈물 흔적 닦을 수 없네.(嚴霜永夜零, 百卉凋顏色. 歲月狂若馳, 慈幃掩難卽. 反袂掩雙眸, 淚痕不可拭.)"라고 술회하여 늦가을 돌아가신 모친에 대한 그리움을 묘사했다. 범씨는 이처럼 돌아가신 부모에 대한 애도로 효심을 보였을 뿐만 아니라, 화친(和親)을 명분으로 북방 선우(單于)에게 시집가야 했던 왕소군(王昭君)의 처지를 애달파 하는 「명비사(明妃詞)」를 씀으로써 여자도 보국(報國)해야 하는 당위성을 강조하였다. 특히 범씨는 왕소군이 한(漢)의 황성을 괴로움 속에 떠나 늙을지라도 결코 궁성을 잊을 수 없음을 제기함으로써 여성의 애국심이 남성과 다를 수 없음을 강조하였다. 한편 그녀의 종조모 서원(徐媛)은 「명비사(明妃詞)」에서 "말 위에서 한 나라 가락을 비파로 타며, 울음 머금고 원망 감추며 상건하를 건넜네. 사막에 천년 동안 뜬 달을 홀로 가련해 함은, 밤마다 고은 달이 푸른 무덤을 차갑게 비쳐서라네.(漢曲琵琶馬上彈, 舍啼緘怨度桑乾. 獨憐瀚海千秋月, 夜夜嬋娟靑塚寒.)"라고 읊어 왕소군에 대한 동정만 보내고는 여성이 애국하는 방도는 제시하지 못했다. 따라서 범곤정의 여성관이 보다 진취적이었던 점을 살필 수 있다.

이상의 시를 통해 범씨는 전통적인 유가의 덕을 숭상하면서 이를 성실하게 수행한 여성임을 알 수 있는데, 이는 평소에 유가적인 수양을 게을리 하지 않았던 때문일 것이다.

4) 세태(世態) 풍자시(諷刺詩)와 인생관을 드러낸 철리시(哲理詩)

범곤정은 시재(詩才)가 넘쳐 여러 주제로 생활상의 정감을 다양하게 묘사하는 성취를 보였다. 그녀는 「청군달사숙탄금(聽君達四叔彈琴)」, 「능소화(凌霄花)」, 「연래(燕來)」, 「형(螢)」, 「북교(北郊)」, 「백저사(白苧詞)」, 「나부(蘿敷)」 등과 같은 시로 세태를 풍자하는 여유를 보였다. 이는 동시대 여류시인 육경자(陸卿子)나 서원(徐媛)의 시에서는 거의 보이지 않는 주제이기에 유의할 만하다. 우선 「청군달사숙탄금(聽君達四叔彈琴)」을 예로 들 수 있는데, 이 시는 탄금의 묘(妙)를 "초 땅의 구름은 무협에서 고요했고, 상수는 벽담에서 싸늘했으며. 조용한 숲은 나르는 폭포로 진동되었고, 세찬 비는 빈산을 떠들썩하게 하였지!(楚雲巫峽靜, 湘水碧潭寒. 虛林振飛瀑, 急雨誼空山.)"와 같이 비유한 뒤, 그 감동을 "듣는 이들 모두 얼굴 가리고 각자 눈물 주룩주룩 흘렸네. 종자기 죽었으니 이 가락 지금 누가 다시 연주하려나?(聽者俱掩面, 淚下各潸潸. 此調鍾期死, 今人誰復彈.)"로 설파(說破)하여 지음(知音)을 얻기 어려운 세태를 풍자하였다.

「능소화(凌霄花)」는 황금을 중시하는 세태를 풍자한 고시(古詩)로 한때의 부귀함을 자랑하는 능소화는 결코 추구할 꽃이 될 수 없음을 경계하면서 황금을 좋아하는 세태에 편승하면 결국 영욕이 뒤바뀌게 됨을 풍자하였다. "인정의 냉담함은 진정 물과 같으리니, 황금의 후하고 박함을 어찌 탄식하랴!(人情冷澹眞如水, 黃金厚薄何足嗟)"는 냉담한 인정 앞에 황금에 대한 후박(厚薄)은 탄식거리가 될 수 없음을 강조한 뒤, 황금의 속기를 능소화의 요염한 자태에 비유해 추구할 가치가 없음을 일깨웠다. 능소화는 한 때 소나무 가지를 희롱하며 온갖 요염함을 다 보일 수 있으나, 눈과 서리가 내리면 시들게 되니, 불변하는 소나무만이 천수를 누림이 마땅함을 역설하였다. 특히 이 시는 허영심에 찬 여성들에게 경계를 보인 시로 범곤정의 인생관을 드러낸 시이기도 하다. 끝 단락을 "소나무여! 소나무여! 천년의 자태를 오래토록 보전하시기를!(松兮, 松兮, 長保千年姿)"이라고 읊음으로써 명말(明末)의 어지러운 세태와 풍조를 풍자하였다.

5율 「연래(燕來)」 역시 세상 사람들이 빈천을 꺼리기에 한결같은 마음으로 살지 못함을 풍자하였다. "주렴에 비치는 향 그런 풀 연하고, 달

뜨기 기다리는 살구꽃 싱그럽네. 해마다 약속을 지키려니, 띠 풀 처마 어찌 가난타고 싫어하랴!(映簾香草嫩, 待月杏花新. 肯踐年年約, 茅簷豈厭貧.)"라는 술회는 둥지 틀었던 집이면 그 집의 귀천에 구애 받지 않고 약속을 지키듯 다시 찾아가는 제비의 생태를 읊어 상황 따라 임의로 변하는 인심과 세태의 추이를 풍자한 것이다.

「백저사(白苧詞)」 역시 이 같은 주제를 부연한 시로 부귀가 오래 지속될 수 없는 처지를 애석히 여기면서 각박한 세태를 풍자하였다. "그림 장식의 편액 걸린 붉은 발과 문행량(文杏梁)에는, 해마다 제비 그림자 드려져 꽃 찌르는 향기 냈네. 아름다운 집의 하루는 길고 봄 낮은 길었기에, 오래도록 즐거움 다하지 않았으나, 아침 되며 비바람이 높은 용마루를 무너뜨리니, 제비는 새끼 데리고 담장을 떠나가네.(畫額朱簾文杏梁, 年年燕影撲花香. 高堂日永春畫長, 千秋萬歲樂未央. 一朝風雨摧高棟, 燕子將雛過別墻.)"라고 술회하여 부귀한 집안의 과거의 영화와 현재의 쇠락을 대비시킴으로써 항심(恒心)을 지니지 못하는 세인(世人)들을 풍자하였다. 아울러 갑작스런 상란(喪亂)으로 부귀한 집안 망하게 되자, 제비도 둥지를 경각간에 옮김을 제기해 의외로 생기는 큰 변화가 주는 충격도 함축하였다. 이 시는 인생무상에 대한 탄식이나 되돌릴 수 없는 영화에 대한 실의를 넘어 보편적인 세정(世情)을 그렸기에 시사하는 의미가 깊다.

한편 7언 고시 「북교(北郊)」는 해질 무렵 서쪽 교외 무덤가에서 느낀 인생무상을 읊었다. "도깨비불 밤에 비쳐 달 차가운데, 목동은 천년 된 묘에서 웃으며 춤추네. 종횡으로 놓인 옛길 동쪽 이었다가 다시 서쪽 향했는데, 행인 오가나 살피지 못한다고!(靑燐夜照明月寒, 牧童笑舞千年墓. 縱橫古道東復西, 行人來往不知悟.)"는 긴 역사 공간 속에 현재를 부각시킴으로써 무상(無常)을 일깨우는 묘를 보였다. 끝 연 "서글퍼라! 황천 아래에서 사람들이 바쁜 것을 비웃어, '세월은 아침 이슬과 같다'고 웃으며 말함이!(吁嗟泉下笑人忙, 笑道年光如朝露.)"는 조로인생(朝露人生)을 일깨운 말로 황천에 있는 이들이 인생의 덧없음을 자각하지 못하고 바쁘게 살아가야 하는 현세인의 우둔을 풍자하였다. 죽은 이들의 입을 통해 현세를 조롱하였기에 반사(反思)하는 효과를 배가시킬 수 있었다.

「탈포삼(脫布衫)」 또한 세인들이 인생무상을 탄식하며 살기에 마음 다스림이 중요함을 읊었다. "인정은 번개와 이슬처럼 덧없으니, 길 위의 나뭇잎이 베틀의 하얀 명주로 변함을 보세요!(人情如電露, 請看陌上葉, 變作機中素.)"라는 술회로는 순간에 지나가는 인생의 덧없음을 개탄하였고, "사람 마음은 본래 숫돌 같아서, 아름다움과 추함이란 스스로 만든 시기일 뿐이니, 새색시 늘 절로 새색시라고 기뻐 말고, 옛 부인은 옛 부인으로 끝난다고 애석치 마시게!(人心本如砥, 妍媸徒自愧. 新人勿喜長自新, 故人莫惜終於故.)"로는 미추(美醜)와 신구(新舊)의 구분은 숫돌 같은 사람 마음에서 기인함을 제기하여 마음을 다스림이 행불행(幸不幸)의 관건임을 일깨웠다.

「대린여작(代鄰女作)」은 범곤정 자신의 결혼관 내지는 인생관을 읊은 작품으로 자신의 결혼이 원만할 수 없었음을 기탁하였다. 이 시는 갓 시집을 때 어렸던 시누이가 어느덧 인여(鄰女)로 성장해 사랑으로 괴로워함을 쓴 뒤, 시누이에게 사랑보다 돈을 중시하는 상인에게 시집가지 말 것을 간곡히 당부하면서 이웃집 할아버지와 할머니같이 평범하면서도 진실 된 삶을 사는 것이 더욱 소중함을 일깨웠다. 이 같은 결혼관은 체험하지 않고는 결코 피력할 수 없기에 범곤정의 결혼생활이 원만하지 못했음을 엿보게 한다.

범씨는 남편과 오래 떨어져 지낸데다 끝내는 남편이 전사했기에 순탄할 수도 없고, 득의할 수도 없는 삶을 살았다. 그래서 남다른 감회를 투영한 다수의 영회시와 철리시를 쓸 수 있었다. 또한 그녀가 이처럼 절의(節義)와 충정(忠貞)을 중시하는 시가를 쓰게 된 것은 유가의 가풍과 교육의 영향이다. 따라서 범씨가 시가 창작에 만명(晚明)이란 시대의 진보적인 성향을 반영할 수 없었던 이유는 예교의 전통에서 벗어날 수 없었던 범씨 집안의 가풍에서 찾아야 할 것 이다.

5) 제화시(題畵詩)

범곤정은 제화시로 「제월산도(題越山圖)」, 「제연우루도(題煙雨樓圖)」

2수를 남겨 서화(書畫)에 대한 소양과 심미안을 드러냈다. 이 시들은 오월(吳越)의 역사적 교훈을 함축한데다 구성이 긴밀하고도 묘사가 생동하는 특성을 보였다.

「제월산도(題越山圖)」는 월산도(越山圖) 화폭에 그려진 내용을 세밀한 필치로 묘사하면서 역사가 남긴 교훈을 함축한 7율로 패망한 월국(越國)에 대한 동정을 은근히 담고 있다. 이 시는 해질녘 기러기가 바다 위의 구름을 좇아 날아가는 가을 풍광을 묘사한 뒤, 강물 속에는 자라와 악어가 숨겨있고 큰 나무에는 바람 불어 황새와 물수리 둥지가 기울어짐을 부각시켜 평온치 못한 강산의 세태를 엿보게 하였다. 특히 떠나는 돛단배가 월교(越橋)로 이어지고 서쪽에서 온 남녀는 오가(吳歌)를 부름을 써서 오(吳)에 패한 월(越)에 동정을 드러냈다. 끝 연은 월산도의 주제를 드러낸 곳으로, 월왕대 아래 길에 쌓인 '한연(寒煙)'이 저라산(苧蘿山)을 에두른 것을 드러내어 오왕(吳王) 부차(夫差)에 패한 월왕 구천(句踐)의 분기(憤氣)를 한연(寒煙)으로 형상하는 솜씨를 보였다. "월산도"에 그려진 물상을 원근에 따라 묘사함으로써 시각적이고 청각적인 효과를 극대화한 점을 평가할 만하다.

한편 연우(烟雨) 속에 오월(吳越)의 경치를 그린 「제연우루도(題煙雨樓圖)」는 청(淸) 주수창(周壽昌)이 집정(輯訂)한 『궁규문선(宮閨文選)』 권26에 실린 시일 뿐 아니라, 주이존(朱彛尊, 1629-1709)이 편한 『명시종(明詩綜)』에 범씨 시로 유일하게 선록된 작품이다. 이 시는 우중(雨中)에 피어나는 연람(煙嵐)이 누대로 들어옴을 그린 뒤, 원근에 따라 입체감을 달리하는 연우루(煙雨樓)의 한적함을 부각시켰다.

시인은 연우루도(煙雨樓圖)에 그려진 물상을 중심 화면에서부터 주위로, 다시 주위에서 중심으로 옮겨가는 수법을 구사하였다. 오·월을 경계로 누대의 배경이 달라짐을 사슴 떼 달아남과 자고새 우는 소리로 대비시켜 형상함으로써 이 누대가 있는 위치를 선명히 할 수 있었다. 그 주변의 긴 제방으로는 버들이 무성하고 물가의 줄과 부들은 저성을 에두른 것을 그려 봄 기운이 한창임을 상상케 하였다. 그런 뒤로는 다시 중심으로 축을 옮겨 마을에서 켠 등불들이 초승달 아래의 호수 위로 점점

환히 비쳐오는 수경(水鏡)을 묘사함으로써 도화에 생동감을 더하였다. 끝 연은 이 도화에서 시인의 마음을 제일로 사로잡는 곳임을 강조함으로써 감상자의 연상을 끌어내는 효과를 거두게 하였다.

이 2수의 제화시를 통해 범곤정의 서화에 대한 소양의 정도를 살필 수 있다. 주이존(朱彝尊)이 『명시종(明詩綜)』에서 제화시(題畵詩)로 「제연우루도(題煙雨樓圖)」 1수만을 선록(選錄)한 점은 이러한 성취가 돋보인 때문이지만 이를 규명하려면 다른 여성의 제화시와 비교해 살펴야 할 것이다.

4. 남은 말

범곤정과 그녀의 시집 『호승집시초』에 대한 연구로는 이 글이 처음일 것이다. 우선은 그녀나 그녀의 남편 호원생(胡畹生)에 관한 기록을 구할 수 없기에 적절한 주해(註解)를 바탕으로 폭넓게 분석279)을 할 수 없었던 점이 안타깝기만 하다. 기회가 되는대로 화정(華亭)으로 가 『송강부지(松江府志)』 중의 범씨가(范氏家)에 대한 자료를 찾을 수 있기를 희망한다.

이 글과 작품 해제는 『호승집시초』 앞면에 열거된 진계유, 범윤림, 심대성 3인의 서(序)와 후손 호유종(胡維鐘), 호공수(胡公壽)의 출판 연기(緣起)가 없었다면 작성이 불가했을 것이다. 이 글들은 범곤정의 생활환경이나 위인됨을 바탕으로 시가 성취를 언급했기에 그녀 시를 주제별로 나누어 그 면모를 살피려는 필자에게 큰 도움을 주었다.

범곤정은 시재가 뛰어난데다 감성이 풍부하였기에 생활 반경이 넓지 않았어도 아름답고도 감동적인 수많은 시를 쓸 수 있었다. 특히 남편의 잦고도 오랜 외유(外遊)나 전사(戰死)는 그녀에게 수많은 사부시(思婦詩)와 별리시(別離詩)를 남기게 하였고 대대(代代)로 물려진 친정 화정

---

279) 참고 淸, 乾隆 天遊閣 刻本 『胡繩集詩鈔』3卷, 上海圖書館.

의 그윽한 소원(嘯園)은 계절에 따라 시정(詩情)을 일으키게 하여 아름다운 절후시(節候詩)를 쓸 수 있게 하였다. 또한 그녀의 종조모(從祖母)인 서원(徐媛)은 소주(蘇州)의 저명여류시인 육경자(陸卿子)와 같이 오문양대가(吳門兩大家)로 칭송되었기에 범씨는 그러한 영향 하에 더욱 격조 높은 시가를 쓸 수 있었다. 더욱이 서원(徐媛)이 쓴 『훈자(訓子)』는 그녀에게 유가적 관념과 도리를 전수 할 수 있었기에 유가의 덕을 숭상하는 다수의 시가를 남길 수 있었다.

범씨는 남편과 원만한 생활을 할 수 없었던 데다, 사별로 더더욱 홀로 살아야 했던 불우가 그녀를 시 세계로 몰입시켰으며 또 이러한 불우를 극복함으로써 곱고도 감동적인 작품을 남기게 했으니, 이는 결코 우연이 아님을 알 수 있다. 특히 남편과 자연을 사랑하며 고상한 삶을 살면서 감동적인 시를 남긴 범씨에 대한 연구와 평가가 연이어지기 바란다.

명대여성작가총서**❾**호승집시초·중권
······························
오동 꽃 금빛 장식 우물로 지고
향긋한 비 섬돌에서 잠기네

지은이 ‖ 범곤정
옮긴이 ‖ 이종진
펴낸이 ‖ 이충렬
펴낸곳 ‖ 사람들

초판인쇄 2014. 6. 20 ‖ 초판발행 2014. 6. 25 ‖ 출판등록 제395-2006-00063 ‖ 주소 경기
도 파주시 탄현면 갈현리 668-6 ‖ 대표전화 031. 969. 5120 ‖ 팩시밀리 0505. 115. 3920
‖ e-mail. minbook2000@hanmail.net

ISBN 979-11-85501-03-1 93820